Gustavo Abel Di Crocce

LA PRÓXIMA EXTINCIÓN

Gustavo Abel Di Crocce

LA PRÓXIMA EXTINCIÓN

Palabras previas del autor:

El relato que presento obedece al campo de la ficción. La coincidencia que se pueda encontrar entre personajes, instituciones, empresas y lugares es mero resultado de los aspectos ilustrativos de la trama. Si bien se encuentran algunos hechos reales (como la existencia de la tumba de los últimos dinosaurios que pisaron el planeta en la zona de Bajo Colorado en cercanías de la ciudad patagónica de Ingeniero Jacobacci), la gran mayoría de las aseveraciones son fuente de la creatividad literaria y no guardan relación con la realidad.

De hecho han de surgir en el lector diversas preguntas que le puedan inquirir hipotéticamente sobre acontecimientos del pasado, del presente y aún del futuro. En este sentido, el desconocimiento de la acción a largo plazo de distintos elementos que forman parte de nuestra vida cotidiana, la dependencia que tenemos de muchos sucesos y las impredecibles consecuencias de fenómenos naturales, serán parte de ese pensamiento reflexivo.

En esta línea de ficción fantástica se encuentran también una serie de cuentos publicados anteriormente, tales como "El guardián de los dinosaurios", "El hijo de la corona" y "El enigma de Mullady". Deseo fervientemente que esta obra pueda obtener para los lectores momentos de atractivo entretenimiento al abordar un relato de ficción enmarcado en una serie de escenarios geográficos reales.

La Intriga

Bajaba las escaleras de la Facultad de Derecho pensando que tendría que sacrificar una tarde. Pero si quería seguir adelante con el posgrado debía hacerlo. Sabía que asistir a conferencias estaba dentro de lo previsto por la cátedra. No obstante no dejaba de preguntarse con una cierta dosis de hastío: ¿qué podría aportarle para el conocimiento de los derechos de los pueblos originarios una conferencia de un paleontólogo? Tal vez si sus padres vivieran lo habrían alentado con algún tipo de argumento. Ni siquiera tenía algún hermano como para invitarlo a concurrir para que se le hiciera menos pesada aquella tarea en su compañía. El viaje en el colectivo hasta su casa duró algo más de veinte minutos en los que su pensamiento no dejaba de refunfuñar por la alteración de sus planes para la tarde siguiente.

Esa tarde entró al edificio de Malba y se dirigió hacia la sala de conferencias. No había mucha gente pero él igual eligió ubicarse casi al final del recinto. Luego de unos quince minutos, apareció el Profesor Casamiquela dispuesto a brindar su charla. César se hundió en la butaca como para soportar un poco más cómodo aquellas dos horas que le esperaban. El disertante comenzó haciendo un recorrido histórico reseñando las migraciones de las etnias que confluyeron hacia la Patagonia. Una serie de mapas y gráficos iban apoyando visualmente sus explicaciones. Cada tanto, el apesadumbrado estudiante anotaba algo en su agenda, no más que lo suficiente como para poder luego realizar un resumen para presentar la próxima semana. Era obvio que la charla resultaría más interesante para alguien vinculado a los estudios antropológicos que para un cursante de un posgrado de derecho. Sin embargo, cuando se abrió la posibilidad de formular preguntas, un pedido realizado por uno de los asistentes ubicado entre las primeras filas lo sacó del letargo cautivando su atención: "Profesor, ¿puede comentarnos sobre ese tema de los dinosaurios que desaparecieron en Rio Negro?"

Aquella conferencia había desatado un torbellino de ideas en la cabeza de César. Recordaba hasta la expresión de Casamiquela cuando explicaba lo ocurrido: "En una de las excavaciones que realizamos, nos encontramos con unos cuarenta ejemplares de dinosaurios. Eran todos jóvenes, no habían llegado a la adultez cuando los sorprendió el cataclismo que originó la extinción de la especie. Esa zona ubicada en un lugar denominado Bajo Colorado, cerca de Ingeniero Jacobacci, además encontramos huevos con doble cáscara. Cuando lo conversé con algunos científicos europeos, llegamos a la conclusión de que las hembras estresadas por la rareza de la atmósfera, no habían puesto el huevo, sino que éste había vuelto a subir por el oviducto, formándose sobre él otra cáscara que impedía la respiración del embrión".

Los días que siguieron acrecentaban su obsesión. Buscaba información en iternet, ingresaba a páginas de la región, leía cuanto artículo aparecía sobre aquella pequeña localidad del sur rionegrino. No podía borrar de su mente el último gesto del paleontólogo cuando respondió a su pregunta. Una vez finalizada la conferencia, se había acercado hasta el escenario como tantos otros para charlar un par de minutos con Casamiquela. César con un rostro que reflejaba asombro y atención quiso saber: "Disculpe, Profesor... ¿Por qué piensa usted que esos cuarenta dinosaurios permanecieron sin moverse de ese lugar a pesar del peligro de una atmósfera enrarecida? ¿Qué era tan fuerte para que se quedarán en el mismo lugar básicamente esperando la muerte sin hacer nada?" El científico lo miró fijo, arqueó sus espesas cejas, dibujó en sus labios una amplia sonrisa, se encogió de hombros y le respondió: "Amigo… ¿y a usted que le parece? Busque la respuesta y me cuenta…"

Primer contacto: La decepción

Bajó del ómnibus tratando de estirar todas sus articulaciones. Las casi cinco horas que el colectivo había demorado en llegar desde Bariloche -por la ruta mayormente enripiada- se habían tornado en un suplicio. Sólo le había ayudado a sobrellevarlas las fascinación que le producía el encontrarse tan cerca de lo planeado. Tres interminables meses hasta obtener sus vacaciones anuales le habían servido para estudiar hasta el último detalle esa ansiada visita a la pequeña ciudad patagónica. A cada rato destellaban en su mente las imágenes de aquel huevo de dinosaurio con doble cáscara que alojaba el Museo Gerhold y que había visto en el sitio web Jacobacci Digital. Recogió su equipaje y caminó los escasos ciento cincuenta metros que lo separaban del Hotel Argentino. La empleada lo guió hasta la habitación que había reservado y le deseó: "buenas noches, señor, que descanse bien…" La expresión se cumplió a medias, pues durante gran parte de la noche dio vueltas en la cama repasando mentalmente lo que se había propuesto realizar desde la mañana siguiente e imaginando cómo sería aquel lugar por el que sintió una fascinante atracción. Por fin podría pisar el lugar en el que desaparecieron los dinosaurios, y más aún, tratar en ese mismo sitio de entender qué inmovilizó a aquellas decenas de ejemplares que encontraron la muerte.

Esa mañana se tomó tiempo para desayunar. Sabía de antemano que el museo abría después de las nueve. Ese era su primer punto de contacto para dar con el lugar exacto que buscaba. La encargada del museo lo recibió con una sonrisa. César estrechó su mano y devolviéndole el gesto le dijo: "al fin puedo estar aquí… es un gusto conocerla en persona…" El visitante apenas escuchó a medias lo que la mujer comenzó a decirle. De reojo alcanzó a divisar cerca de la entrada a la sala principal una vitrina que exponía el huevo que tanto lo había desvelado. Allí estaba perfectamente conservado a pesar de los más de sesenta millones de años que tenía sobre sí. Un poco más allá, en una tarima de escasa altura, se veían restos fósiles de aquellos animales prehistóricos.

La empleada notó la ansiedad en el hombre y le propuso: "¿Quiere que pasemos a la sala para que pueda ver las piezas?" César asintió sin dejar de mirar aquella vitrina. Sus ojos por fin estaban a menos de veinte centímetros del misterioso huevo. Mientras la encargada le relataba la historia que él ya conocía, aprovechó a tomar varias fotos con su teléfono celular. Tomó una última imagen de frente a la zona en la que aquel vestigio de la desaparecida especie mostraba un pequeño faltante en la cáscara. Era allí donde se apreciaba con claridad la doble cobertura. Hizo una rápida recorrida por parte de la sala. En ese interín la mujer le había preparado un pequeño croquis que le mostraba cómo llegar hasta su soñado Bajo Colorado. Antes de irse volvió a fijar la mirada en aquel huevo como si tuviera visión de rayos x digna de un superhéroe que le permitiera sondear el interior de aquel valioso elemento.

César miró a la mujer sentada entre él y el conductor de la camioneta: "¡Gracias por venir Mabel!" La encargada del museo había decidido acompañarlo una vez cumplido su turno. El recorrido era corto, no más de cinco kilómetros. La camioneta subió sin problemas la suave pendiente del camino que se elevaba por el faldeo del cerro. Luego de un par de kilómetros por la planicie, el conductor detuvo la marcha del vehículo. Mabel extendió su brazo indicando "Ahí es… toda esa es la zona de Bajo Colorado…" El visitante miraba cada sector de aquella extensión de terreno marcada por un tono arcilloso. Su vista quería encontrar algo que se destacara de la monotonía árida de la meseta. "¿Acá es? ¿Y las excavaciones a las que hacía alusión el Profesor Casamiquela dónde están?" Preguntó con desconcierto a la empleada del museo. "Por todo ese terreno que usted ve… Por todos esos lados se obtuvieron piezas…"

César tomó algunas fotografías con su celular y dejó marcada la ubicación en el GPS de su dispositivo móvil. Caminó algunas decenas de metros recogiendo pequeñas piedras que llamaban su atención. Una gran desazón crecía en su interior. Nada espectacular halló en todo el recorrido. El conductor de la camioneta los condujo alrededor del predio en el que se encuentra el aeropuerto para ingresar a la zona por el oeste. Allí también caminó algunos cientos de metros hacia adentro pero no halló nada que justificara sus expectativas. Tomó varias fotos del lugar. Cuando llegó al hotel, pagó al conductor del vehículo por el traslado, agradeció a Mabel la compañía y se apresuró a entrar al edificio. Ya en su habitación, se dejó caer en la cama. Mirando fijo al cielorraso se sentía abatido por la desilusión. Tantos proyectos, tantos desvelos, tantos preparativos... Y ahora que estaba allí no tenía más que algunas fotos de un paisaje semidesértico, otras de algunas piezas de museo y no mucho más. Tomó el teléfono y llamó a la empresa de aviación para adelantar su vuelo. Si le fuera posible deseaba salir en ese mismo momento de regreso a Buenos Aires.

Hallazgo

Se registró en la mesa de ingresos del Instituto Geográfico Militar. Su amigo Carlos Agüero salió a recibirlo y lo hizo pasar a su oficina. "¡Querido César… ¿Cómo estás? ¡Así que seguís con el tema de los dinosaurios! ¿Trajiste los datos?" César tomó su celular y comenzó a buscar los registros. Mientras lo hacía le recordaba a Carlos el motivo de la visita en su lugar de trabajo: "Como te conté, al no encontrar nada que hubiera satisfecho mi curiosidad en Bajo Colorado, traté de ubicar al Profesor Casamiquela pero estaba en Europa. Así que en el Museo de Ciencias Naturales de Parque Centenario logré hablar con un paleontólogo que me confesó que raramente se revelan los sitios exactos donde se han encontrado piezas especiales. Así que supuse que los turistas sólo acceden a lugares adyacentes a las excavaciones originales… Acá está… Cuarenta y un grados y diez minutos de latitud sur… sesenta y nueve grados y treinta minutos de longitud oeste…" César mostró el teléfono a su amigo como si éste fuera a dudar de las coordenadas que le transmitía. Su amigo era agrimensor y estaba más que acostumbrado a manejar este tipo de ubicaciones. "Vení, vamos a ver los mapas satelitales que tenemos en el

Instituto… Seguramente si hubieron excavaciones importantes como para retirar tantos ejemplares, habrán quedado huellas del trabajo". Carlos lo llevó a una oficina en la que varios empleados trabajaban cada uno absorto en su computadora. Entraron a un gabinete en el que un ordenador con un importante monitor parecía reinar en el centro del lugar. El técnico comenzó a digitar distintos datos que fueron ingresando uno a uno profundizando a cada segundo la ansiedad de César.

"Acá estamos sobre esas coordenadas…" Carlos señaló sobre el LED el mapa satelital de la ubicación precisa del lugar. Comenzó a desplazar el mouse suavemente hacia arriba, luego hacia la derecha. Luego más abajo y hacia la izquierda tratando de dar una suerte de sobrevuelo alrededor del sitio que César había apuntado. Su ojo avezado de agrimensor y largos años de experiencia leyendo mapas satelitales lo hacían diestro en descubrir hasta los mínimos detalles. Casi lo gritó: "¡Acá! ¡Mirá acá! ¿Ves esta zona de distinta tonalidad de marrón? ¡Sigue líneas rectas que evidencian el trabajo humano! ¡Este debe ser el lugar!"

Con la expresión de su amigo, el rostro de
César se encendió. Se acercó como hipnotizado al
monitor y colocando su mano sobre él parecía
acariciar la imagen. "¡Esto es fantástico!" Dijo
brindando una amplia sonrisa de agradecimiento a
su amigo. Había detectado en la cartografía un
lugar en el que era muy probable que se hubieran
realizado excavaciones importantes. Nada podía
escapar al ojo electrónico de los satélites que
poseían óptica de máxima precisión.

Carlos puso la mano sobre su hombro: "A
ver… esperá un poquito que quiero fijarme un
detalle… ¿ves esta pequeña zona algo más
verdosa? Voy a ver otra imagen del mismo lugar
tomada desde el satélite con otro filtro…" César no
sabía qué era lo que estaba tratando de encontrar
su amigo, ni de qué podía tratarse aquello que
llamó su atención. Las siguientes frases de Carlos
elevaron al instante la adrenalina que recorría su
cuerpo. En el mismo momento en que las escuchó
ya comenzaba a pensar en volver a Ingeniero
Jacobacci cuanto antes. "Mirá esta imagen, César…
Acá tenemos aplicado un filtro que mediante un
software especial permite inducir en base a la
humedad superior del terreno y el decrecimiento
en gradientes a su alrededor, las posibles fuentes

de agua… Y en este caso aparece algo muy extraño. Es como si hubiera un pequeño depósito de agua a pocos metros de donde se realizó la excavación. Por la probabilidad que indica el programa, no deben ser más que unos pocos cientos de metros cúbicos. Lo llamativo es que no están conectados a ninguna corriente subterránea. Se encontraría como a unos cuarenta metros de profundidad y parece permanecer allí estancada. Es realmente raro…” César abrazó a su amigo con la misma efusividad con la que lo hubiera hecho de descubrir un tesoro. Sus pensamientos se generaban a tremenda velocidad. Todas las hipótesis se juntaban en su cabeza. Cuando salió del Instituto Geográfico Militar tomó su celular, buscó la imagen del huevo de dinosaurio y lo miró fijo y susurró a la pantalla: “Ya sabremos qué pasó con tus hermanos…”

El Huevo

La empleada del hotel se sorprendió de verlo tan pronto de regreso. Por la expresión de fastidio que tenía cuando abandonó aquel lugar sólo unos días atrás se podría decir que pasaría mucho tiempo antes de que regresara si es que decidía hacerlo. Sin embargo estaba allí. La mujer acostumbrada a descubrir estados de ánimo en los huéspedes advirtió un interesante grado de entusiasmo en él. La dependiente sabía que eso era importante porque podría ser sinónimo de alguna buena propina. Lo condujo a la misma habitación que había tomado en su anterior estadía. Cuando ingresó, César sintió como si sólo hubiera ocurrido un paréntesis en el que cambió por completo su actitud.

A la mañana siguiente, fue hasta la estación de servicio que estaba apenas a una cuadra del hotel. Su intención fue correcta. Allí le supieron indicar a qué persona podría ver para alquilar una camioneta. El trámite era mucho más sencillo que en Buenos Aires. Sin tantos requisitos de papeles, con un pequeño depósito en efectivo, la fotocopia de su documento de identidad y un apretón de manos se sellaba el trato. Esta vez no pasaría por el museo, no pediría asesoramiento ni comentaría sus intenciones. Tenía la copia del mapa que Agüero le había imprimido y con eso le alcanzaba. Recordaba el recorrido que había realizado la vez anterior y volvió a transitarlo, esta vez en soledad.

Bajó de la camioneta y con el mapa en la mano comenzó a caminar en dirección al supuesto lugar de las excavaciones. Debió recorrer casi dos kilómetros. Finalmente tenía ante sus ojos una extensa zona en la que había indudables signos de movimientos de tierra. Pasó toda esa tarde recorriendo aquel lugar que lo había intrigado desde hacía ya cuatro meses.

Cada tanto se agachaba para escarbar un poco con sus manos tratando de encontrar quién sabe qué. Miró por enésima vez el mapa y trató de orientarse para dirigirse al lugar en el que su amigo había señalado como una posible fuente de agua. Unos insipientes arbustos se mostraban más verdosos que los de su alrededor. Ese debía ser sin dudas el sitio. Pero no había ninguna vertiente. Tal como Agüero le había indicado, si había alguna fuente de agua debía estar unos cuarenta metros bajo tierra. De todas formas, él todavía no comprendía por completo la conexión entre esa diminuta reserva de agua y su intriga sobre la muerte conjunta de aquellos dinosaurios.

El sol ya estaba cayendo y sus rayos hicieron brillar una piedra que apenas sobresalía de una elevación del terreno. César que ya se disponía a volver, se acercó hasta aquel objeto. Comenzó a escavar con sus manos alrededor de la misteriosa piedra. Su sorpresa y ansiedad crecieron segundo a segundo. Cuando finalmente pudo extraer aquella piedra, se dio cuenta que era de forma perfectamente ovalada. Ya había visto esa forma tantas veces que la tenía grabada en su memoria. Aquel objeto era igual al huevo que se exhibía en la vitrina del museo Gerhold. A pesar de tener solidez pétrea, lo tomó con tanto cuidado como si se tratara de uno recién empollado. Regresó a la camioneta y lo envolvió en una campera que había llevado por si sentía frío. Sabía que no podría conservar de forma legal aquella pieza.

Visiones

Cuando entró en su habitación, se aseguró de cerrar la puerta con doble vuelta de llave. Bajó por completo la persiana de la ventana. Desenrolló su campera y extrajo del improvisado envoltorio su preciado tesoro. Puso la campera sobre una pequeña mesa que estaba justo frente a su cama. Depositó suavemente sobre ella aquel huevo de dinosaurio. Se sentó en la cama recostado sobre la cabecera mirando aquel objeto de millones de años de antigüedad. Se quedó dormido mirando aquel huevo casi con adoración. En medio de la noche, comenzaron a invadirlo una serie de imágenes que aparecían en su sueño. Casi le taladraban la cabeza pugnando por quedarse allí. Una decena de imágenes se repetían una y otra vez en su mente mientras dormía. Despertó sobresaltado y envuelto en sudor. Miró al huevo como para asegurarse que allí estaba todavía. Sus ojos se clavaron en uno de los sectores de su cubierta. Se había desprendido una pequeña superficie de la cáscara de apenas unos pocos centímetros cuadrados. Algo había sucedido con aquel objeto mientras él dormía.

La sucesión de imágenes que vio en sus sueños no cesaban de aparecer continuamente en su mente. Parecían guiarle en los pasos que debía seguir, como si se tratara de un folleto de instrucciones. Sus planes comenzaban a alterarse y debería quedarse en Ingeniero Jacobacci un tiempo más. Tenía algunos ahorros disponibles en su cuenta pero de todas formas debía administrarse con cuidado. Lo primero que hizo esa mañana es buscar alguna vivienda económica para alquilar. Esto le permitiría abaratar los costos de alojamiento. Consiguió una modesta casa con suficiente terreno al fondo. Resultaba ideal para poder ingresar la camioneta y estacionarla detrás de la vivienda. Una vez concretado el arrendamiento fue a encontrase con el dueño del vehículo para renovar el alquiler, esta vez por al menos un par de semanas. No se detenía a razonar ni a realizar cálculos, actuaba casi impulsivamente siguiendo el dictado de aquella secuencia de imágenes, a esta altura imborrables de su pensamiento.

La más impactante de las visiones que había tenido aquella noche, le mostraban que debía extraer agua de aquella misteriosa reserva junto a la tumba de los dinosaurios. No entendía el porqué, pero sabía que tenía que obtener aquel líquido, mezclarlo con agua corriente, beberlo y compartirlo. Los empleados de la estación de servicio eran su continua y eficiente fuente de información. Aprovechó el momento de cargar combustible a la camioneta para consultar acerca de dónde podría conseguir un equipo de perforación. Luego de una consulta entre dos de los empleados que atendían los surtidores, uno de ellos se acercó y le dio las indicaciones necesarias.

Al estacionar frente a la casa de Manuel Durán ya vio sobresalir la imagen ferrosa de una perforadora, hecho que le llevó a mover su cabeza en una mueca de asentimiento. La charla con el técnico se extendió por un par de horas. Fue cuidadoso de no revelar ni un punto de su proyecto verdadero. Argumentó a Durán que él pertenecía a un grupo de estudio de la Universidad de Buenos Aires y que estaban interesados en obtener datos de algunos acuíferos subterráneos. La conversación se tornó amena atravesando distintas áreas de la cultura general. En realidad bastaron sólo algunos minutos para que César comprendiese cómo debía utilizar aquella perforadora. Acordó pagar por adelantado cuatro días de utilización, si bien en su interior sabía que no le llevaría más de un par extraer aquella pequeña cantidad de líquido estancado a algo más de treinta metros de profundidad. Sin embargo, el grado de reserva que quería mantener sobre su actividad, le obligaba a realizar todo el trabajo por sí mismo, lo que duplicaría el tiempo necesario.

Enganchó el tráiler con la perforadora a la parte trasera de la camioneta y regresó a la casa que había alquilado. Dedicó el resto de la jornada a repasar los mapas que le había proporcionado Agüero. Planificó minuciosamente todo lo que haría desde muy temprano al día siguiente. Antes de dormirse, desenvolvió cuidadosamente el huevo que mantenía protegido con la campera, lo ubicó sobre una pequeña mesa y se dispuso a descansar. Las sábanas tenían aún el olor que desprende la tinta de las telas. Si bien la vivienda que alquiló tenía un amoblamiento mínimo, él debió comprar ropa de cama y toallas. Miró una vez más aquel atesorado huevo y cerró sus ojos. Tal vez surgieran nuevas imágenes.

Adicción

Aquella noche durmió plácidamente. Despertó temprano y por más que trataba de buscar en su mente, no podía recordar haber soñado con nada especial esta vuelta. Eso lo molestó un poco pero el hecho de saber que le esperaba un largo día por delante, lo sacó pronto del letargo. Compró dos botellas de agua saborizada, algo de pan y fiambre para afrontar la jornada.

Realizó el trayecto sin inconvenientes y hasta sin tener que revisar el mapa. Esta vez debería ingresar con el vehículo hasta el mismo punto de perforación para utilizar aquella pesada maquinaria. Los últimos trescientos metros resultaron interminables. Debía avanzar a paso de hombre y soportar el ensordecedor golpeteo de los grandes bidones de plástico vacíos que llevaba en la caja de la camioneta. Armó la maquinaria con algo de dificultad pero recordando cada paso que Durán le había explicado.

Manipular las pesadas barras de barrenado suponían un denodado trabajo para un solo hombre. Comenzó la perforación . Sabía que no había mucho que hacer más que controlar el funcionamiento del equipo. Por momentos a la maquinaria le tomaba más tiempo avanzar metro a metro con el barrenado. A eso de las tres de la tarde, preparó rápidamente un par de sándwiches que comió con prisa. No quería dejar sin controlar el equipo perforador.

Mientras daba cuenta de su almuerzo frugal, no dejaba de mirar de reojo el trabajo del artefacto. Cada casi dos horas, debía colocar nuevos tramos de caño que servían de camisa a la perforación. La rutina se tornaba tediosa y las primeras sombras del inminente anochecer ya comenzaban a aparecer. El clima le pareció bueno y la ansiedad por concretar la tarea terminó por convencerlo de quedarse trabajando durante toda la noche. La luna llena entregaba generosa su luz por lo que César ni siquiera tuvo que encender los faros de la camioneta. Sólo encendió la radio del vehículo para asegurarse de no quedarse dormido. Las horas se hacían interminables y monótonas.

Los primeros rayos del amanecer extendieron la sombra del montículo de la tierra que la perforadora había estado extrayendo. César armó un nuevo sándwich a manera de desayuno. De pronto lo arrojó sobre el asiento de la camioneta. Había alcanzado a ver que por la perforación comenzaba a salir tierra barrosa. Había llegado al nivel de aquel profundo depósito. Armó con destreza propia de un profesional el equipo para el bombeo. Introdujo la manguera de PVC por el interior de la camisa de la perforación. En previsión de un exagerado margen de error había comprado cincuenta metros de aquel conducto de plástico negro. En realidad, le hubiera sido suficiente adquirir treinta y tres metros pues esa era la profundidad exacta a la que se encontraba la pequeña reserva de agua.

Conectó el motor que comenzó a arrojar agua barrosa al comienzo, turbia después y por último totalmente cristalina. Con la manguera de salida del motor bombeador, comenzó a llenar los bidones que no había bajado de la caja de la camioneta. Había comprado bidones para llenar con mil doscientos litros de agua. Sin embargo, cuando iba acumulando algo más de setecientos litros, el agua volvió a salir barrosa y la bomba comenzó a funcionar con intermitencia. De seguro había extraído la máxima cantidad de agua que podía. Cerró fuertemente las tapas de cada bidón, retiró la la cañería de camisa de la perforación y no sin dar antes una mirada melancólica, cubrió la perforación con la misma tierra que había extraído. Diseminó los montículos que se habían formado lo más que pudo. Una vez que estuvo convencido de que no quedaban rastros de su actividad, guardó las últimas herramientas y se dispuso a regresar.

Esta vez condujo todavía más lento. Trataba la carga que llevaba en el vehículo como si fueran delicadas porcelanas a punto tal de sufrir con cada salto que daba el rodado por la imperfección del terreno. Bajó con esfuerzo los bidones conteniendo el agua encontrada en el enigmático lugar. Los guardó en el propio dormitorio pensando que de esa forma estarían más protegidos.

Tomó una botella de agua mineral que estaba casi llena. Destapó uno de los bidones y con un diminuto vaso extrajo una pequeña cantidad del misterioso líquido. Agregó unas gotas al agua mineral siguiendo las imágenes que se habían formado en su mente durante aquel inolvidable sueño algunas noches atrás. Bebió unos cuantos tragos del propio pico de la botella. No tenía sabor distinto al del agua normal.

Espero unos segundos procurando detectar si algo pasaba en su cuerpo. Nada extraño sucedió.

Comenzaba a preguntarse si no habría enloquecido en realizar. ¡Todas esas dificultosas tareas para obtener sólo un poco de agua común y corriente! Pasaron varios minutos y nada anormal sucedía con su persona. Luego de algo más de una hora, tuvo sed. Bebió otro poco más de agua hasta calmarla. A lo largo de las horas siguientes, cada vez que sentía sed fue tomando de aquella botella hasta terminarla.

Más tarde, abrió otra botella de agua mineral y bebió un par de tragos. En esta ocasión, la sed no menguó, sino que por el contrario se tornó casi en ansiedad. Volvió a tomar otros dos tragos y el resultado fue el mismo. Decidió agregarle a aquella botella algunas gotas del agua que contenían los bidones. Ahora volvió a beber. Esta vez, la sed desapareció, la ansiedad se calmó. Se sentía muy bien, aún cuando en su mente comenzaba a dar vueltas la idea de que aquel líquido extraído de la zona de Bajo Colorado iba creando una singular adicción en él. En su rostro confluyeron el asombro por lo descubierto y el temor por lo desconocido. Ahora sabía por qué los dinosaurios habían permanecido en aquel lugar en el que los sorprendió el cataclismo de la extinción:

No pudieron resistir el deseo de beber de aquella
fuente de agua.

La prueba

El traqueteo del tren no le molestaba. Había salido casi de madrugada con destino a Bariloche. Más de cuatro horas fueron tiempo más que suficiente para repasar los últimos cuatro días. Había aprendido algo sobre su agua de Bajo Colorado pero necesitaba saber otras cosas. Se había dado cuenta que la compulsión para beberla no era continua pero que bastaba con que la tuviera a su alcance y pensara en ella para acudir con ansiedad a beber un par de vasos. También descubrió por casualidad que si agregaba unas gotas de la botella de agua mineral preparada, a otra botella de agua, el efecto también se trasladaba con toda su intensidad. Probó adicionarla a jugos, gaseosas o soda y en todos los casos lograba la misma atracción. Cada bebida que había estado en contacto con el agua de Bajo Colorado le gustaba mucho más, al punto de generar el deseo de volver a tomar. No tenía ninguna explicación, sólo sucedía.

Junto con estos hallazgos, crecía la necesidad de realizar algún tipo de estudio que le revelara qué contenía aquel líquido extraído en la zona cercana a Ingeniero Jacobbacci. Cuantas menos personas estuvieran al tanto de sus acciones sería mejor. Por eso había vuelto a llamar a su amigo Carlos Agüero para pedirle asesoramiento. Sólo quería que alguien analizara aquel líquido y que no le hiciera demasiadas preguntas. La suerte parecía estar de su lado: el técnico del Instituto Geográfico Militar le ofreció contactarlo con un científico amigo suyo que había trabajado en la Comisión Nacional de Energía Atómica y que ahora lo hacía en la empresa estatal INVAP que tenía su sede en Bariloche. Se preguntaba cómo sería Pablo Fernández con quien debía encontrarse. Había intercambiado con él dos correos electrónicos y una llamada telefónica. No pudo encontrar su perfil en Facebook para obtener alguna foto o mayor información. De todas formas no sería difícil encontrarlo. Habían quedado en hacerlo en la cafetería de una importante estación de servicio cercana al arroyo Ñireco.

Cuando entró en aquel lugar, miró a su alrededor, deteniendo la vista en cada uno de los tres clientes que se encontraban allí. Dos no podían ser porque estaban compartiendo la misma mesa y él se encontraría sólo con el científico. El restante lucía apenas unos veinticinco años lo que también lo descartaba. Eligió una mesa y se sentó de cara hacia la entrada a fin de detectar cada persona que ingresara al recinto. Luego de unos veinte minutos en los que apuró la consumición de un café y tres medias lunas, vio ingresar a un hombre de mediana estatura, gruesos anteojos y maletín en mano. Intuía que se trataba de la persona a la que estaba aguardando.

"¿César Aguilar?" preguntó el recién llegado casi desde la puerta. "Si, soy yo… lo estaba esperando" respondió César incorporándose para tender su mano y saludarle. La conversación no fue muy larga. Pablo Fernández en realidad trabajaba en los laboratorios de Pilcaniyeu de la empresa estatal, pero tres veces por semana concurría a la sede barilochense. Ese era uno de esos días por lo que habían pautado el encuentro para ese momento.

César le entregó una botella llena de agua mineral con el aditivo de unas pocas gotas del líquido que había extraído en Bajo Colorado. La mendaz explicación le salió con suma naturalidad pues la había ensayado mentalmente varias veces: "Unos amigos encontraron una vertiente de agua en su campo y yo les dije que les convenía realizar todos los análisis necesarios antes de consumirla".

Fernández miró la botella sin prestar demasiada atención. "No se haga problema, yo realizo en el laboratorio una serie de estudios y detecto si contiene bacterias o algún otro organismo, los minerales y fundamentalmente que no contenga elementos dañinos para la salud como exceso de metales pesados y otros indicadores de forma de asegurar a esa familia que puede consumir el agua con tranquilidad".

El científico sabía que esos análisis serían materia sencilla y no le llevarían más que una media hora. En el laboratorio de INVAP tenían equipamiento de última generación. Cada uno de ellos recordó un par de anécdotas con Carlos Agüero, su amigo en común, y finalmente se despidieron. César se dedicó a recorrer un poco el centro de aquella ciudad turística. Debía esperar hasta las cinco de la tarde para tomar el tren que lo llevara de regreso a Ingeniero Jacobacci. De tanto en tanto, sacaba de su pequeño bolso una botella de agua y bebía algunos tragos satisfaciendo su ansiedad.

Llegó a la casa que alquilaba cerca de las diez de la noche. Se recostó en la cama. El viaje lo había cansado bastante. Hizo tres o cuatro toques en la pantalla táctil de su teléfono celular, los necesarios para ingresar en la aplicación que le permitía leer sus correos electrónicos. La sorpresa lo hizo levantarse de un salto. Pablo Fernández le había enviado un mail de alta prioridad. La lenta conexión a internet le hizo sentir como si pasara una eternidad hasta que se descargó el mensaje en su teléfono.

A medida que leía el mensaje el rostro se le iluminaba: "Estimado César… No quería dejar pasar más tiempo sin informarle los resultados de los análisis del agua que me entregó… Fue suficiente una pequeña cantidad de todo el contenido de la botella para que el espectrógrafo determinara uno por uno los componentes… Dígale a su familia amiga que pueden estar tranquilos… El agua tiene una gran pureza, sólo los minerales que son habituales y nada más… todos los valores de fluor, cadmio, plomo y otros componentes a observar con cuidado, están en los valores óptimos… Quise hacerle llegar esta noticia hoy mismo para que pueda darle las buenas nuevas a sus amigos… ¡Pueden beber el agua con tranquilidad!"

Convenciendo

Esperaba pacientemente en un mullido sillón de la recepción de aquellas oficinas ubicadas en el partido de La Matanza, provincia de Buenos Aires. Tres características importantes del agua de Bajo Colorado lo animaban: Era completamente potable, creaba atracción hacia las bebidas que la contuvieran y se podía multiplicar fácilmente al entrar en contacto con agua común y corriente. Lo que le inquietaba en ese momento, era encontrar la forma de convencer a los directivos que "su fórmula exclusiva" le daría un toque de irresistibilidad a todas las líneas de bebidas que comercializaban. Sus primeros dos correos electrónicos no le habían sido respondidos. Recién el tercero logró intrigar a algún ejecutivo de aquella empresa. Producían gaseosas, aguas saborizadas, soda y agua mineral.

La secretaria lo llamó y lo guió hasta una oficina modesta pero elegante. Osvaldo Bermejo era un empleado jerárquico de la segunda línea de dirección. Lo invitó a sentarse. César miraba a aquel hombre sabiendo que podía ser la llave de entrada para un gran negocio, mientras que el empresario se sentía intrigado por completo por la propuesta que le había hecho Aguilar. "Como le señalé por mail, tengo la posibilidad de hacer que sus productos se lleguen a vender más que la marca mundial…" César fue directo a la propuesta, no perdió tiempo en trivialidades ni en aspectos de marketing y producción que a él no le interesaban.

Bermejo acomodó sus anteojos empujándolos levemente hacia arriba con su dedo índice. "Mire, Señor Aguilar, nuestras ventas están muy bien en el mercado… De todas formas quisimos recibirlo porque nos llamó la atención su insistencia en eso de que nuestras bebidas se harían irresistibles para el público consumidor…" César sabía que era el momento de formular el desafío. No quería entrar en conversaciones dilatorias, necesitaba forzar una respuesta. "Por eso mismo yo elegí a esta empresa, porque ya tienen un importante sector del mercado. Pero así y todo es minoritario frente a las marcas multinacionales. Lo que yo les propongo es un aditivo que dará a todos sus productos un gusto irresistible… la gente lo preferirá por lejos… Mire, para no demorar más este tema, la propuesta que le hago es dejarle un litro de mi producto, del que podrán adicionar cuatro gotas por litro de bebida que elaboren. O sea que con esto tiene para un lote completo. Yo se lo dejo sin cargo para que lo prueben y hagan un seguimiento de la actitud de la gente que consuma ese lote. Si nota que se cumple lo que yo le digo, se comunican conmigo en no más de un mes… Si no lo hacen, haré esta oferta a otra empresa…”

Bermejo esbozó una nerviosa sonrisa. Aguilar había logrado poner la decisión de su lado. “Pero… tendremos que hacer algunos análisis y además conocer la fórmula…” César se levantó, extendió la mano para despedirse del directivo que aún permanecía sentado: “Mire, Bermejo… realicen los análisis que necesiten… pero yo quiero una respuesta en no más de un mes… no comercializaré la fórmula, sólo entregaré mi producto para adicionar a sus bebidas… tenga en cuenta que si deja pasar esta posibilidad de multiplicar sus ventas por cuatro, por siete o por diez… será su responsabilidad… Gusto en conocerlo… Espero su contacto…”

César tomó su teléfono celular. El identificador le indicaba que el directivo de la empresa elaboradora de refrescos era quien lo llamaba. Habían pasado sólo un par de semanas desde que habían estado frente a frente. Estaba confiado en que su oferta sería aceptada. Esa convicción lo había llevado a comprar una importante cantidad de botellas de agua mineral. Sus ahorros iban disminuyendo aceleradamente pero estaba seguro que obtendría un gran rédito.

Había alquilado una vivienda más grande. Convirtió el garaje en un lugar inexpugnable con alarma y una puerta de entrada con llave de código. Allí guardaba su tesoro más preciado: la totalidad de bidones de agua extraída en Bajo Colorado y gran cantidad de botellas de agua mineral para "producir su aditivo para bebidas". Trató de aparecer calmo aún cuando la ansiedad por conocer la determinación de la empresa lo carcomía: "Buen día… ¿Sr. Bermejo?"

Del otro lado de la línea, luego de respirar profundamente, el directivo respondió "¡Buen día estimado Aguilar! ¡Que bueno es poder comunicarme con usted!" César hizo lo indecible por ahogar la gran alegría que sentía. Este cambio en el trato del empresario sólo podía significar una cosa: había logrado interesarlos con su propuesta. "A mí también me alegra escucharlo señor… supongo que habrán llegado a tomar alguna decisión sobre mi propuesta…"

Los siguientes minutos fueron de charla más distendida. Bermejo contó a Aguilar que el producto que le había llevado había sido analizado y no habían descubierto ningún elemento extraño. En un par de ocasiones, César había respondido con una socarrona sonrisa cuando su interlocutor trataba de saber de qué se trataba aquel líquido. Lo cierto es que antes de enviarlo a la venta, habían hecho degustar a distintas personas entre la misma bebida cola de su empresa sin el aditivo y con el aditivo y en la totalidad de los casos no sólo habían encontrado más agradable la muestra adicionada, sino que habían pedido beber más, casi con ansiedad. Eso había llevado a la empresa de refrescos a realizar análisis toxicológicos, pero por supuesto resultaron negativos.

Al fin enviaron un lote a la venta a almacenes de barrio para poder realizar un seguimiento exhaustivo. En sólo cuatro días les habían llovido pedidos de esos mismos almaceneros coincidiendo en que la gente prefería esa marca nacional a las tradicionales. "Lo que nosotros necesitamos es que ya que se niega a vendernos la fórmula, firmemos un contrato por el que usted se comprometa a entregarnos su producto para una producción de al menos dos años" La propuesta de

Bermejo fue más allá de las expectativas de Aguilar. La firma de ese contrato le significaría cien mil dólares de ingresos inmediatos y un porcentaje de las mayores facturaciones por aumento de ventas. Eso por el momento le resultaba suficiente, ya encontraría luego la forma de mejorar su participación haciéndose socio de la compañía. "Perfecto Bermejo… el lunes a media mañana estoy allí para firmar el contrato y ya hacer la primera entrega de mi producto".

El comienzo de la propagación

La vida de César Aguilar cambió por completo. Había comprado una casa muy amplia en Ingeniero Jacobacci. La hizo refaccionar totalmente. Hizo construir un sótano donde guardaba celosamente sus bidones con el agua extraída en Bajo Colorado. En la planta baja tenía dos importantes habitaciones repletas de botellas de litro y medio de agua mineral. En una, el líquido tal como lo había comprado al distribuidor. En la otra, botellas idénticas a las que había agregado tres o cuatro gotas de aquel líquido de extrañas características. También compró una camioneta que le permitía trasladarse cómodamente a Bariloche cada vez que decidía tomar un vuelo a Buenos Aires, ya fuera para acompañar la venta de su producto como para alguna que otra reunión.

La fuente de provisión era prácticamente interminable. César utilizaba unas seis gotas por cada litro y medio de agua normal. Es decir que con tres litros de agua de Bajo Colorado, podría preparar diez mil botellas de litro y medio para venderle a la empresa de refrescos, quienes a su vez podrían adicionarlas a setenta y cinco millones de litros de bebidas. De todas formas, César sabía lo que los empresarios ignoraban: la capacidad de comunicar su cualidad que tenía el agua de Bajo Colorado a cualquier cantidad de agua que estuviera en contacto con ella.

Cada viaje que realizaba a Buenos Aires para efectuar la entrega de sus preciados aditivos, lo hacía por avión, mientras que un chofer conducía por ruta su camioneta con gran cantidad de botellas. El fraccionamiento le llevaba bastante tiempo, pero prefería esa rutina a tener que compartir el secreto de su exitosa fuente de materia prima. En Ingeniero Jacobacci, se relacionaba con muy pocas personas, prefería aquellas que no preguntaban por su actividad. Sabía que tenía que cuidar su secreto como la beta de oro que representaba. Más aún después de aquel incidente que supo aprovechar para obtener un beneficio económico y mejor posición frente a la empresa de bebidas.

Un día había sospechado de un extraño con el que se había cruzado tres veces la misma mañana. Puso mayor atención y descubrió que aquel personaje foráneo vigilaba sus movimientos. En cuatro ocasiones, detuvo su camioneta para tomar con su teléfono celular fotografías del espejo lateral retrovisor que reflejaba la figura del extraño observando su desplazamiento. Por fortuna, durante esos días no había realizado ninguna compra de agua mineral, por lo que su ignoto perseguidor no pudo obtener ningún detalle de su manera de producir el aditivo para los refrescos. César no tenía dudas que aquel desconocido era alguna suerte de investigador pagado por la empresa para averiguar algo más de su método de elaboración del aditivo que les vendía.

Al otro día, decidió viajar de improviso a Buenos Aires. En la empresa de bebidas no lo esperaban. La propia recepcionista se sorprendió al verlo entrar. Sin mediar palabras con ella, se dirigió al ascensor y subió hasta el tercer piso. Allí estaba la oficina del director ejecutivo de la empresa. Abrió la puerta e ingresó ignorando a la secretaria que quedó inmóvil en su escritorio ante la rapidez de movimiento de Aguilar.

"César... buen día... no sabía que estaría por acá..." El rostro de la máxima autoridad de aquella compañía enrojeció por completo. Sabía por la forma de ingresar de Aguilar que algo no andaba bien y presumía de qué se trataba. "Mire, ahorremos saludos y cuestiones menores… Usted sabe muy bien por qué he venido… ¡Mandaron a una persona para que me investigue! ¡Tengo las pruebas aquí en mi celular!" César esgrimió su teléfono como si fuera una carta de triunfo.

El rostro del ejecutivo pasó del rojo de la vergüenza a la palidez del temor. "Serénese, Aguilar… sentémonos a charlar este tema… vea, nosotros tenemos que asegurarnos de proteger la inversión que hemos hecho contratándole la provisión de un producto del que ahora está dependiendo nuestra producción…" César tenía todas las de ganar y lo sabía. La última frase del ejecutivo se lo confirmaba. Los siguientes diez minutos fueron de un diálogo más que acalorado del que en determinado momento también participaron otros tres directivos de la firma.

César amenazó con rescindir el contrato considerando que lo que la empresa había hecho sobre él era un intento de "espionaje industrial". Por su parte, los ejecutivos sabían que no podían frenar el excelente negocio que estaban teniendo con sus refrescos que multiplicaban su popularidad día tras día. En un momento dado, César descargó la frase que tenía meditada desde hace tiempo: "solo les doy una opción para seguir con esto... Me convierten en socio accionario de la empresa y duplican los pagos por mis aditivos, o llevo mi negocio a la competencia..."

Un silencio sepulcral invadió la oficina que hasta ese momento era un mar de gritos y discusiones. Los directivos se miraron entre sí. Sabían que no tenían alternativa. Uno a uno bajaron la cabeza y por último el presidente del directorio miró a los ojos a César: "usted gana... lo haremos a su modo"

El viaje: Comienza lo irreversible

La azafata le dijo por enésima vez: "cualquier cosa que necesite, señor Aguilar, no dude en llamarme…" César sabía que por más confortable que le resultara viajar en primera clase, las doce horas de vuelo no disminuirían. Lejos de ver películas en el monitor, se dedicó a repasar mentalmente varios sucesos de los últimos meses.

Al poco tiempo de instalarse en Ingeniero Jacobacci, debió hacer circular la versión de que era un geólogo pagado por una empresa multinacional para realizar estudios en la zona. Esto le permitió llevar adelante el acondicionamiento de la vivienda que utilizaba como depósito sin despertar intrigas. Sus continuos viajes a Buenos Aires parecían confirmar el engaño que había instalado acerca de su real actividad.

Se había desvinculado del antiguo estudio de abogados para el que trabajaba en la Capital Federal mediante un simple telegrama de renuncia. Por su parte, las ventas de la empresa de refrescos había crecido exponencialmente, con ello las acciones de la compañía y por ende sus ingresos. A pesar de esto, prefirió seguir con un perfil muy bajo, evitando cualquier exposición ante la prensa especializada en temas económicos y de todo aquello que pudiera significar un riesgo para su fuente de riquezas.

A menudo se preguntaba cuánto tiempo más podría mantener su secreto y ocultar la manipulación que realizaba con el líquido obtenido en Bajo Colorado, del que añenas unas gotas eran adicionadas a cada botella de agua mineral antes de volver a cerrar el envase y retirar las etiquetas. Su casa en Ingeniero Jacobacci se había convertido en poco menos que una fortaleza. Había contratado un sistema satelital de internet exclusivo, colocado alarmas y cámaras de vigilancia, y todo ello continuamente monitoreado desde su teléfono celular. Era necesario atravesar cuatro puertas blindadas para llegar al "bunker" donde guardaba su producto.

Los últimos tres meses habían significado un incremento de ventas de refrescos de tal magnitud que el llamativo hecho había encendido las luces de máxima alerta de los representantes argentinos de la gaseosa de mayor circulación mundial. Al no encontrar explicación a este singular acontecimiento que parecía no tener techo, se puso de inmediato en conocimiento de la sede central de la compañía ubicada en la ciudad de Atlanta en los Estados Unidos. Sin duda uno de los mayores capitales del mundo y uno de los emblemas del comercio americano, contaba con estructuras de llegada a poderosos e influyentes niveles de gobierno. La investigación demandó apenas cuatro días para poner sobre la mesa del presidente de la compañía el nombre de Cesar Aguilar como responsable directo de lo que sucedía en Argentina. Mr. Kent leyó el informe y se lo devolvió a su secretario privado: "lo quiero aquí, sentado conmigo en tres días".

El encuentro se dio sorpresivamente para César. Estando en Buenos Aires decidió pasar por el histórico café Tortoni para merendar algo. A los diez minutos llegaron tres hombres de mediana edad vestidos en impecables trajes negros, camisas blancas y corbatas rojas. Uno de ellos se puso frente a Aguilar mientras los otros dos quedaron a un par de metros de distancia. "Señor Aguilar… me presento… soy el CEO de Bebidas Cola de Argentina… Necesito hablar con usted sólo unos minutos…"

Por primera vez en mucho tiempo César se sentía confundido. Aquella intempestiva visita de uno de los mayores empresarios del país podía obedecer a tantas circunstancias que le resultaba imposible formularse tantas hipótesis en el momento. "Por supuesto, siéntese usted…" fue la frase que inevitablemente disparó. El máximo referente local de la bebida internacional hizo una seña a los otros dos hombres que se habían quedado aguardando un par de metros más atrás. Éstos a su vez, miraron hacia la puerta de entrada y uno de ellos hizo un ademán con su mano. César volteó ligeramente su mirada hacia la puerta de ingreso y vio allí cuatro hombres más que parecían estar custodiando la entrada del mítico café porteño.

"No quiero robarle mucho de su tiempo, señor Aguilar, y tampoco yo tengo demasiado" comenzó a explicar el directivo de la famosa empresa de gaseosas. "Usted sabrá que nuestra casa matriz tiene… bueno, digamos que acceso a fuentes de inteligencia en Estados Unidos… Para no andar con rodeos, sabemos que usted provee de aditivos a una empresa local de refrescos, también sabemos por nuestros análisis que en nada ha cambiado la fórmula original y sin embargo la bebida genera una especie de adicción que no obedece a ningún elemento químico ni orgánico…"

César empalidecía más con cada revelación que le hacía su interlocutor. El saberse investigado tan a fondo le preocupó de sobremanera. Se preguntaba hasta dónde había llegado el grado de espionaje que habían realizado sobre su vida. La respuesta no se hizo esperar. El CEO de Bebidas Cola de Argentina extrajo del bolsillo interior de su saco una media docena de fotografías. Ante un César Aguilar cada vez más pálido acompañó la explicación: "Como verá, estas son las fotografías en detalle de su… ¿depósito?... de aditivos en el pequeño pueblo patagónico… Tenemos acercamientos del satélite que nos muestran hasta las marcas de las etiquetas arrancadas de las botellas que usted transporta…"

Hizo un silencio para establecer sólo una pausa que le diera aire para su frase final y contundente: "Concretamente, señor Aguilar, el presidente de nuestra compañía en Estados Unidos quiere verlo antes de dos días para realizar con usted un acuerdo que multiplicará por cien cualquier expectativa de rédito que usted tenga actualmente… Será un acuerdo que le brindará un futuro con el que usted ni siquiera soñó… Mi responsabilidad es que usted esté mañana mismo subiendo al avión que lo lleve hasta Atlanta para entrevistarse con Mr. Kent"

César había perdido toda capacidad de reacción. Su pregunta pareció casi infantil pero fue lo único que atinó a consultar para tratar de dar a entender que todavía faltaba su decisión: "Le agradezco su interés… yo tendría que pensarlo antes… es más, podría desestimar la invitación…" El empresario lo miró desafiante, apoyó sus dos manos sobre la mesa, dibujó una socarrona sonrisa en sus labios y contestó remarcando cada sílaba: "A ver si entiende bien… No tiene opción… Es esto, o tenga por seguro que tenemos medios legales y de operaciones de prensa para hacer que sus aditivos terminen en una cloaca y usted en prisión… Tres empleados de la compañía lo acompañarán de aquí a una suite en el Hotel Presidente y de allí mañana temprano a abordar un vuelo de American Airlines… Sabemos que tiene una visa por su viaje de hace cinco años así que no tendrá problemas en los puestos de migraciones… ¿Entiendo que está de acuerdo verdad?" La última pregunta la hizo apoyándose en la mesa y acercándose a treinta centímetros de Aguilar.

César apenas logró asentir con la cabeza. Todavía no podía reaccionar. Eran demasiados planteos en apenas cuatro minutos. Estrechó la mano que le extendió el poderoso empresario sin pronunciar palabra. Se quedó sentado mirando una vez más las fotos satelitales de su casa de Ingeniero Jacobacci mientras el arrogante directivo se levantaba. A una seña de éste, se acercaron los otros dos hombres que habían quedado aguardando unos pasos más atrás. "Ellos lo acompañarán de ahora en más" dijo con tono imperturbable, como si nada importante hubiese sido planteado.

Luego de unos minutos la palidez del rostro de César dio paso a una sonrisa que poco a poco iba dando signos de su renovado ánimo. Después de todo, sin haberlo pedido, la mayor empresa de refrescos internacional había puesto los ojos en él. Si sabía aprovechar esta oportunidad pronto su nombre estaría entre los de los más importantes empresarios del mundo, y lo que le resultaba más gratificante, podría dejar de temer por revelar aspectos secretos de su actividad. Un nuevo plan ya iba tomando forma en su cabeza.

"Señor Aguilar, ya estamos por descender, debe usted abrochar su cinturón de seguridad" La cálida voz de la azafata lo despertó. Se había dormido mientras revisaba detalles de su plan. Estaba por tocar tierra estadounidense y con ello dar comienzo a un promisorio futuro para su vida y aunque no lo supiera aún, alterar irreversiblemente el futuro de la humanidad.

El mayor acuerdo

Hacían casi cinco años que había estado en Estados Unidos. Pero conoció sólo una media docena de ciudades entre las que no estaba Atlanta. Un grupo de tres corpulentos hombres vestidos de la misma manera que los que le acompañaban los estaban esperando en la salida de la terminal de arribos del aeropuerto. Sólo uno de los que le acompañaban hablaba fluido el español por lo que era con el único que conversaba, si así se le podía llamar a unas pocas frases triviales intercambiadas.

César y dos personas más de la "comitiva de bienvenida" subió a un impecable automóvil con vidrios polarizados. Los cuatro restantes lo hicieron en otro vehículo similar. "Señor Aguilar, lo llevaremos al hotel, allí podrá tomar un baño, encontrará tres juegos de camisas y trajes de su talla y una media docena de corbatas… Elija usted la combinación que prefiera y en una hora lo aguardaremos para llevarlo a la audiencia con Mr. Kent…" La secuencia de instrucciones sonaba tan prescriptiva que no daba lugar a formular preguntas.

Sabía de antemano que todo aquello había sido pagado por la compañía por lo que no tendría que gastar ni uno solo de los diez mil dólares que le habían entregado en Buenos Aires para sus "gastos menores". En poco rato más estaría frente a frente con el magnate que manejaba la producción de la elaboradora de bebidas que consumían cientos de millones de personas en todo el mundo. Sin pensarlo, se había encontrado de pronto con la meca de sus aspiraciones.

César pareció sumergirse en un sillón tan confortable como nunca había conocido. Frente a él un inmenso escritorio color caoba con cubierta de vidrio. Sobre un lateral un imponente ventanal de cristales Ray Ban dejaba ver gran parte de la ciudad. De pie a dos metros se encontraba impertérrito el intérprete que oficiaría de traductor entre el líder empresarial y Aguilar.

El hombre de casi setenta años de edad ingresó lentamente desde una puerta que seguramente daría a su oficina privada. Si bien era portador de una acentuada calvicie, su rostro aparentaba al menos unos diez o quince años menos. Una gran sonrisa se dibujaba en su cara y avanzó a paso firme hacia donde se encontraba

César, quien luchaba por incorporarse del por demás mullido sillón. Estrecharon sus manos y mientras Mr. Kent le hablaba en un gutural inglés, el traductor lo hacía casi simultáneamente en castellano.

"Me alegra mucho que esté aquí con nosotros, Mr. Aguilar… Espero que el viaje haya resultado placentero… Hicimos todo lo posible para que así fuera… ¡Tome asiento, por favor!" Las respuestas de César fueron sólo tímidas palabras aisladas: "Igualmente… si… por supuesto… gracias…" El presidente de la compañía Bebidas Cola resultaba tan carismático en su expresión que había logrado tranquilizar el nerviosismo que su visitante traía consigo ante tamaño encuentro.

La conversación se fue haciendo casi normal debido a la fluidez con la que el intérprete traducía los diálogos de ambos. César iba ganando confianza minuto a minuto y sentía una extraña sensación de excitación: ya comenzaba a sentirse "parte" de una de las empresas más importantes del planeta. Ni los momentos más ríspidos de la conversación lograron borrar la sonrisa de los labios de Mr. Kent.

La propuesta que la empresa mundial le estaba realizando a Aguilar era imposible de rechazar: un millón de dólares por firmar el acuerdo estratégico, un millón más al año si las ventas se incrementaban al menos un diez por ciento y un tres por ciento del capital accionario. Eso significaba más dinero que todo el que César había podido soñar. La propia compañía se ocuparía de los pasos legales y económicos que demandase rescindir los nexos que lo vinculaban a la anterior empresa argentina de refrescos. Adicionalmente ingresaría al exclusivo mundo de los empresarios de máximo nivel y viviría cómodamente en Atlanta, realizando sin inconvenientes viajes mensuales a la Argentina para transportar los preciados aditivos.

Mr. Kent no logró sonsacarle ni un ápice sobre los secretos del producto que revolucionaría el mercado mundial de refrescos. Aguilar declinó de plano la posibilidad de entregar la fórmula de sus "aditivos". A cambio, ofreció incluir en el convenio que lo vincularía con la compañía, un apartado en el que garantizaba la provisión por treinta años del "DR" como había empezado a llamar a aquella agua enriquecida con unas gotas del líquido extraído en Bajo Colorado. Si bien la fonética inglesa hacía sonar ambas letras como la palabra "querido", Aguilar las había ideado a partir de las iniciales de los vocablos "Deep Red".

César también había rechazado enfáticamente trasladar a territorio norteamericano sus depósitos de "materias primas". Había consensuado con el poderoso empresario el acondicionamiento de extremas medidas de seguridad para la casa del sur argentino en la que las guardaba celosamente. Además de un increíble andamiaje de dispositivos electrónicos, la "protección" incluiría la adquisición de las viviendas linderas y la construcción allí de dos departamentos en los que seis agentes de seguridad vestidos de civil oficiarían de "custodios" ante cualquier situación que pudiera surgir.

"Quédese tranquilo que su depósito en Argentina tendrá casi tanta seguridad como la Reserva Federal de los Estados Unidos" bromeó Mr. Kent cada vez más distendido al darse cuenta que estaba logrando cada uno de los objetivos que se había propuesto. César dirigió la vista al piso unos momentos y Mr. Kent pareció leer en sus pensamientos la preocupación que le había surgido. "Si está pensando en su seguridad, Mr.

Aguilar, no debe preocuparse en absoluto... Tendrá los mismos niveles de protección que los siete mayores accionistas de esta compañía y yo mismo tenemos" César levantó su vista, le inquietaba un poco que hasta sus movimientos corporales delataran cada cosa que se le cruzaba por la mente. Evidentemente Mr. Kent no había llegado a ser por casualidad la persona más importante de Bebidas Cola a nivel mundial.

Un monopolio irresistible en marcha

Hacía seis meses que vivía en Atlanta. César miraba por la ventana de su lujoso apartamento y no podía creer que apenas un año atrás era un abogado de poca trascendencia haciendo sus primeros pasos en la profesión en un estudio de poca envergadura. Había perfeccionado su inglés a fuerza de la necesidad que le creaba el singular número de encuentros, agasajos, conferencias y reuniones a las que debía asistir.

Fue en una de esas fiestas en las que conoció a Mary Anderson, hija de uno de los directivos de la compañía. Comenzaron a mantener un noviazgo que seguía los carriles que a Mary le imponía el pertenecer a una familia de la alta sociedad estadounidense. Los dos parecían estar conformes con el status quo de su relación, no pensaban por el momento en el matrimonio ni en tener hijos.

Los viajes de César a Ingeniero Jacobacci eran casi una rutina. Siempre le acompañaban tres custodios, volaba en primera clase por American Airlines, en el aeropuerto de Ezeiza en Argentina los aguardaba un Lear Jet privado que lo transportaba hasta la misma pista de aterrizaje del aeropuerto de Ingeniero Jacobacci. Allí dos vehículos los esperaban, se dirigía a la casa en la que mantenía aquellos bidones con la enigmática agua extraída de Bajo Colorado y todavía centenares de botellas de agua mineral para "diluir" la preparación y convertirla en "DR".

Sólo él ingresaba a la casa para asegurarse que nadie viera la sencillez del procedimiento. Había incorporado una máquina de embalaje en plástico termocontraíble para mejorar las condiciones de transporte de cada botella. En cada viaje transportaba cincuenta litros de agua modificada, con lo que Bebidas Cola podía producir mil doscientos cincuenta millones de unidades. Al segundo mes ya se había notado sensiblemente el incremento de ventas de Bebidas Cola en todo el mundo y la proporcional disminución en la facturación de todas las empresas competidoras.

Los viajes se iban espaciando menos y la cantidad de litros de "DR" transportados se iba incrementando a raíz de la formidable demanda. La compañía incorporó los aditivos a toda la línea de producción: gaseosas, agua mineral, aguas saborizadas y bebidas energizantes. Aún así, César apenas había consumido un par de litros de los casi setecientos que había extraído originalmente de Bajo Colorado. El poder de comunicar su propiedad interminablemente, había hecho que cada vez diluyera más la concentración en agua mineral, obteniendo invariablemente los mismos resultados adictivos.

Las autoridades gubernamentales estadounidenses tanto como la de decenas de países se esforzaban por encontrar algún componente que justificara la particular atracción a la bebida que se continuaba generando cada vez más entre las poblaciones. Nada en particular era encontrado, nada fuera de lo común, nada objetable. Las publicidades multimediales habían invitado a cientos de millones en todo el mundo a "probar el nuevo sabor" de las bebidas de la compañía. Tuvieron que reforzar al máximo las líneas de producción trabajando las veinticuatro horas del día los siete días de la semana. Costosas maquinarias adicionales fueron requeridas para atender la insaciable demanda de todo un mundo ávido por consumir los refrescos de Bebidas Cola.

Empresas de bebidas sin alcohol en decenas de países debieron venderle sus plantas pues ya no podían competir. Una sola empresa multinacional quedaba en pie frente al éxito comercial que Bebidas Cola estaba teniendo en todo el globo. Por primera vez en la historia de la empresa los colaboradores vieron aquel día borrarse la sonrisa del rostro de Mr. Kent. Se lo notaba preocupado. Mirada cabizbaja como buscando respuestas, ceño fruncido y labios apretados. Convocó a los principales accionistas y a su vez miembros del directorio a una reunión de urgencia. También César Aguilar estaba entre el selecto grupo de personas con las que el máximo líder empresarial quería compartir los temores a los que el presente éxito había dado paso.

Como era costumbre, Mr. Kent solo ingresaba para sentarse en la cabecera de la ovalada mesa de conversaciones una vez que el resto ya estuviese ubicado. Al ver el rostro circunspecto del CEO internacional, César intuyó que esa no sería una reunión como las tantas que había participado. Parecía el rostro de alguien que está por comunicar grandes pérdidas más que el de quien goza de un exitoso presente.

Mr. Kent hizo un silencio como para encontrar las palabras justas para comenzar su alocución. Parecieron una eternidad. "Tenemos un presente más que exitoso para Bebidas Cola... He leído los últimos informes de mercado mundial y el crecimiento que hemos tenido en el último medio año es asombroso... inusitado... Sólo nuestros tradicionales competidores quedan en pie como empresa multinacional de refrescos..." Hizo una pausa y miró sus dedos que tamborileaban sobre el cristal de la mesa. Todas las miradas estaban clavadas en él. Lo que había dicho sonaba muy bien y sin embargo su rostro era de preocupación. Nadie osó siquiera expresar alguna opinión. Todos aguardaban que el líder de la compañía continuara explicando la situación.

"El tema es que en tres, cuatro o a lo sumo seis meses más tampoco nuestros competidores históricos soportarán la embestida que nuestra marca continuará produciendo en el mercado internacional... ¿se dan cuenta?" Los miró arqueando sus cejas en una mezcla de tono de desafío y asombro. Todos estaban absortos, totalmente confundidos y sin llegar a interpretar lo que se les pretendía revelar. "¿se dan cuenta de la situación?... —insistió Mr. Kent- Si esto sucede, estaremos al borde de convertirnos en una empresa monopólica, sin competencia en el sector, y esto no se ve bien aquí ni en ninguna parte del mundo... es más... hay legislación que podría obligarnos a cambiar nuestras prácticas y todavía ni siquiera se me ocurre cómo podríamos hacerlo… ¡Comprenden ahora!"

Todos entendieron el mensaje. La mirada clara de Mr. Kent hacia el futuro les presentaba una empresa que se aprestaba a atravesar similares inconvenientes a los que Microsoft de Bill Gates había sido expuesta cuando se le abrió una causa por monopolio. Mr. Kent se levantó de su silla, los miró uno a uno y concluyó "Esa es la situación que se nos va a presentar y tenemos que adelantarnos a los acontecimientos… mañana a esta misma hora tendremos una reunión y quiero que cada uno piense, reflexione, aporte alguna idea para enfrentar esta instancia… Buenos días a todos" Dio media vuelta y se perdió tras la puerta que daba a su oficina privada. Todos salieron de aquella sala de reuniones en sepulcral silencio. Si Mr. Kent que siempre era el que los guiaba en todos los pasos a dar en la compañía estaba confundido, ¿qué quedaba para ellos?

César regresó a su apartamento. Llamó a Mary para cancelar el encuentro que tendrían esa noche. Debía pensar y descansar para que le brotara alguna idea. Sus pensamientos se amontonaban vertiginosamente. Como lo hacía cada vez que quería concentrarse en solucionar algún tema, sacó de la caja fuerte aquel huevo de dinosaurio que había encontrado en la zona de Bajo Colorado. Recordó brevemente los contactos que tuvo que realizar y el dinero que tuvo que pagar para poder sacar aquella pieza fosilizada de Argentina e ingresarla en los Estados Unidos.

Lo desenvolvió de una amplia manta de tela polar que lo cubría y protegía. Lo colocó sobre el escritorio que se ubicaba justo frente a los pies de su cama. Se recostó y lo miró fijamente. Necesitaba encontrar respuestas para este punto crítico de cara al futuro. Como tantas otras veces, se quedó dormido sencillamente observando aquel objeto de millones de años de antigüedad.

Esa vuelta las imágenes emergieron en su mente con suma realidad. Una tras otra como fogonazos de una película en la que distintas escenas iban marcando un camino. La secuencia de imágenes se repitió una y otra vez en un César Aguilar dormido que se agitaba en la cama como sacudido por las revelaciones oníricas. Lo despertó su propia voz mencionando una y otra vez cuatro palabras: "agua para el mundo… agua para el mundo… agua para el mundo…"

Estaba totalmente envuelto en transpiración. Cubrió con la manta azul su preciado huevo de dinosaurio y lo guardó una vez más en la caja fuerte. Apresuró una ducha que terminara de despertarlo a la vez que le sacaba el sudor. Luego de secarse, miró el reloj y si bien las tres y media de la madrugada parecía un horario inapropiado, decidió hacer el llamado desde su celular. "Mr. Kent… disculpe que lo moleste en este horario llamándolo a su teléfono personal… pero no puedo esperar hasta la reunión de mañana para decirle qué es lo que hay que hacer"

Su inglés se había perfeccionado tanto que ni siquiera dudaba en cada frase que pronunciaba. Del otro lado, el líder de la compañía que no había podido dormir bien a raíz de la preocupación que le aquejaba, respondió con pocas palabras en tono grave y pastoso. No estaba acostumbrado a que alguien lo llamara en ese horario y mucho menos que casi con tono imperativo le dijera que estaba a punto de indicarle qué decisión debía tomar. Él siempre acostumbrado a tomar las decisiones, estaba escuchando a un argentino que parecía casi ordenarle los pasos que tendría que dar.

César continuó transmitiéndole su idea en un corrido inglés: "La compañía tiene una fundación que hasta ahora se ha dedicado a financiar proyectos de poca envergadura. Llegó el momento de utilizarla para un fin global de alcances nunca visto… Esto es lo que haremos… —César comenzó a acentuar sus palabras tomando la autoridad total en el diálogo- produciremos veinte mil millones de litros de agua mineral adicionada con "DR" y las distribuiremos entre toda la población mundial que no tiene acceso al consumo de agua potable… lo haremos en forma gratuita como contribución de Bebidas Cola a las necesidades de los sectores más desprotegidos de la humanidad… paralelamente también desde la fundación, buscaremos subsidiar a nuestros competidores para que la empresa se mantenga con los márgenes de ganancia aceptables para sus accionistas… Esto implica sacrificar la ganancia total de sólo dos meses de nuestra producción pero garantizamos con ello un efecto mundial que hará caer cualquier intento de accionar contra Bebidas Cola por ejercicio monopólico…"

Al otro lado de la línea, Mr. Kent había ido cambiando la expresión de su rostro. Con cada frase que Aguilar pronunciaba, la sonrisa y el color volvían a instalarse en su cara. Cuando César hubo terminado de comunicarle la idea, hizo una pausa y al cabo de cinco segundos escuchó del otro lado al presidente de la compañía que casi exultante repetía "bien… bien… bien… Mr. Aguilar… Hoy mismo comenzamos el proceso… Usted y yo nos encontraremos a primera hora en mi oficina para delinearlo… bien… bien… ¡maravillosa idea!"

Cuando la comunicación concluyó César se quedó pensando en una de las imágenes que había soñado que todavía no había logrado descifrar: un mapamundi desplegado en el que diminutos puntos rojos iban apareciendo por todas partes hasta cubrir de rojo la totalidad de los continentes. Meneó un poco la cabeza como queriendo quitar de allí esa extraña visión. Se acostó con la intención de dormir un poco más. El sueño llegó mientras pensaba en que sus decisiones lo posicionarían en la cumbre del empresariado de Bebidas Cola, apenas unos escalones debajo de Mr. Kent.

El resguardo

La gran campaña "Agua para el mundo" estaba en marcha. El impacto en todos los frentes fue más que positivo. Un descomunal despliegue para el traslado de millones de litros de agua mineral a poblaciones carentes de este recurso constituyó además un inesperado golpe de marketing. El logo de Bebidas Cola ploteado en centenares de vehículos a lo ancho del mundo y hasta en un exclusivo avión de cargas, aparecía llenando páginas y primeras planas de todos los medios gráficos. La gran marca internacional había logrado con su acción solidaria mantener su logo innumerables minutos en los medios televisivos masivos.

El propio Mr. Kent fue invitado a la Casa Blanca por el Presidente para entregarle personalmente un reconocimiento por la labor filantrópica y humanista que la empresa había decidido emprender. Hasta llegó a especularse que el máximo directivo de la empresa multinacional sumaría su nombre a los candidatos a lograr el premio Nobel de la paz el año siguiente.

Tal era la magnitud del despliegue que se había ideado, que se utilizaban grandes paracaídas con el logo de la empresa para llegar a comunidades que habitaban lugares de difícil acceso en medio de las selvas, dejando caer el cargamento de botellas plásticas conteniendo agua mineral desde varios aviones.

Paralelamente, el aporte de importantes subsidios a su férrea competidora había logrado que ésta bajara sus costos vendiendo los refrescos a mucho menor valor. Esto había permitido un leve repunte de las decaídas ventas dando un poco de aire a la devastada compañía que no podía encontrar la forma de competir con Bebidas Cola. El éxito de la campaña emprendida por la multinacional era tan rotundo que había repercutido en un mayor consumo de su principal línea de gaseosas.

Entusiasmado por los resultados, Mr. Kent haciendo gala de su gran poder de iniciativa fue un paso más allá de la propuesta original planteada por Aguilar: distribuirían agua mineral de Bebidas Cola en forma gratuita en todos los hospitales y escuelas del mundo. Esto constituía el mayor proyecto global de toda la historia. El empresario sabía que como efecto secundario de esta medida que aparentaba un generoso acto de caridad, escondía la búsqueda de que todos los organismos públicos decidieran más adelante la compra masiva de sus productos sustentada en el "excelente sabor" que poseían. Muchos slogans de campañas publicitarias trataban de explicar el inexplicable efecto del "DR": "sabor irresistible", "el sabor que buscás", "te llena la vida", y una media docena de frases por el estilo.

César había elegido mantenerse al margen de toda la exposición mediática. Muy pocos fuera del círculo de la máxima jerarquía directiva de Bebidas Cola sabía cuál era su insustituible papel en el entramado que había catapultado a la multinacional. La euforia por tanta sucesión de logros había repercutido en su psicología emocional a punto tal de pasar cada vez más tiempo junto a su novia. De hecho con Mary Anderson ya habían comenzado a proyectar la posibilidad de casarse en algunos meses más. La pareja se tornaba cada vez más sólida. Sin embargo había un punto crucial que César no quería cruzar: revelarle a Mary el secreto de los aditivos que traía desde Argentina, ni permitir que su novia lo acompañara al interior de aquella casa de Ingeniero Jacobacci.

Ya habían planeado realizar algunos viajes juntos a Argentina, pero Mary se quedaría durante la jornada en un lujoso hotel de Buenos Aires, mientras César iba a la pequeña ciudad patagónica en el Lear Jet de la compañía. Y así sucedió. Su novia comenzó a acompañarlo en la mayoría de los viajes a Sudamérica. Fue en uno de esos viajes cuando un inocente comentario de Mary encendió una alarma en César: "¿Está bien protegido el depósito de los aditivos? Mirá que por más seguridad que se disponga siempre puede vulnerarla…"

Mary tenía razón, debía encontrar algún modo de garantizar la supervivencia de su producción ante un incendio, ataque explosivo o lo que pudiera suceder. Decidió comprar media docena de envases térmicos de acero inoxidable recubiertos de un esmalte rojo. Esa vuelta demoró su estadía en Ingeniero Jacobacci dos días más. La casa tenía un pequeño sótano que originalmente servía para guardar algunas herramientas, cables y otros enseres.

Los picos y barretas que allí había le sirvieron a la perfección para abrir un pozo en el piso de aquel lugar. Hizo un pequeño nicho con una buena cantidad de hormigón. Colocó un grueso cajón de madera y dentro de él los seis termos repletos de agua original de la zona de Bajo Colorado. Luego llenó los veinte centímetros que restaban hasta el piso con más hormigón. Allí quedarían a buen resguardo seis litros que le servirían eventualmente para producir billones de litros de agua adicionada.

Apenas unos minutos luego de terminar la tarea, su celular sonaba con el tono especial que había previsto para el número del teléfono personal de Mr. Kent. Como no podía ser de otra manera, el titular de la empresa estaba al tanto de todos sus movimientos. Sabía que había ingresado arena y cemento al interior de la vivienda que obraba como depósito y que había demorado su viaje de regreso. César lo convenció de que debió realizar unas pequeñas refacciones para acondicionar mejor uno de los lugares en donde permanecían los valiosos elementos.

Ahora ya estaba más tranquilo. Pasó por Buenos Aires a recoger a su novia y de allí regresaron a Atlanta como tantas otras veces. Mientras ambos viajaban cómodos, recostados y tomados de la mano en asientos de primera clase, en el sur argentino sucedió algo capaz de hacer caer los proyectos de la compañía de bebidas gaseosas más grande del mundo.

Irradiados

La línea del celular de Carlos Agüero repetía una y otra vez que se encontraba en una zona sin cobertura. Su trabajo lo había llevado a realizar relevamientos en un lugar rural al que no llegaba la señal de la telefonía móvil. Cuando regresó a la ciudad, el teléfono le advirtió que tenía llamadas perdidas. De las doce que registraba, diez eran de un antiguo amigo suyo: Pablo Fernández. A Agüero le llamó la atención la cantidad de insistencias con las llamadas, así que decidió comunicarse con él de inmediato. "Hola Pablo… vi que tenía algunas llamadas perdidas de tu número… ¿cómo estás? ¿está todo bien?"

Fernández apuró los saludos de rigor para ir directamente a la cuestión que le preocupaba: "No se si recordarás, Carlos, que hace aproximadamente un año me pediste que viera a un amigo tuyo que necesitaba realizar unos análisis del agua de una vertiente para una familia rural…" Hizo la pausa necesaria para darle tiempo a Agüero a responder la pregunta implícita. "A ver… hace un año… ¡ah si! Era César… César Aguilar… pero según recuerdo no era una vertiente, era un pequeño depósito de agua subterránea que habíamos detectado y que a él le intrigaba… ¿por qué me preguntás?"

La respuesta contrarió al técnico del INVAP que empezaba a presentir que algo no estaba bien en todo ese tema. "Ah bueno… a mi me dijo que era para verificar la potabilidad del agua de una vertiente de la que quería beber una familia rural amiga suya…" Agüero también se sorprendió: "¡No…! ¡No te puedo creer…! ¿Por qué habrá inventado eso?" Del otro lado, Fernández parecía reducir la cuestión a un asunto menor, había otro tema que le preocupaba mucho más: "Tengo que encontrarlo con urgencia… No me ha respondido los correos electrónicos que le envié, el número de teléfono celular que yo tenía agendado está fuera de servicio y no puedo encontrar ningún rastro de él en redes sociales ni guías telefónicas…"

La conversación se extendió por casi cuarenta minutos. Fernández había narrado con bastante detalle la serie de sucesos que ahora lo tenían abrumado por completo. Casi fue un monólogo de Fernández con unas pocas preguntas que le surgían a Agüero sobre el relato. Fernández narró como el mismo día que Aguilar le había entregado la botella con la muestra de agua la había analizado con el espectrógrafo, además de los análisis químicos y bacteriológicos de rutina. Todo había indicado que la muestra era de agua potable y de gran pureza. Ese mismo día comunicó por correo electrónico los resultados a Aguilar y dejó sobre un estante la botella que contenía algo más de la mitad de agua que había sobrado.

Unos días después, "Cindy" –una gata que pertenecía a Fernández y le acompañaba a todos lados- maullaba junto a su dueño. Éste la miró y pronto reparó que el recipiente del que el animal bebía agua estaba seco. Para no demorar mucho, tomó la botella de agua que le había dado Aguilar y puso un poco en el tazón de Cindy. Le extrañó que la gata bebiera tanta agua, pues antes de una hora ya estaba maullando nuevamente al lado del tazón vacío. Colocó allí el resto del agua que quedaba en la botella, tiró el recipiente a la basura y continuó realizando su trabajo. Cindy bebió el agua y al cabo de unas dos horas estaba nuevamente maullando junto al tazón que no tenía una sola gota de agua. Fernández no le hizo mucho caso pensando que ya había tomado demasiado líquido. Pero el animal continuaba maullando con insistencia. Finalmente, el técnico dejó por un minuto su trabajo, tomó el tazón vacío, fue hasta el sector de cocina, colocó el recipiente bajo una de las canillas, lo volvió a llenar y se lo llevó a su gata. Curiosamente, Cindy apenas bebió un sorbo del agua y continuó maullando.

Fernández pensó que tendría que llevarla a un veterinario si continuaba con ese comportamiento. El felino había tomado casi con ansiedad el agua de la botella que su dueño le había dado y se rehusaba a tomar la que provenía de la canilla de agua corriente. Después de continuar maullando por casi una hora, la gata se durmió y Fernández pudo trabajar con mayor tranquilidad. Aquel incidente pronto fue olvidado por el técnico. Hasta ese día en el que aquel suceso de hacía casi un año volvió a su memoria como una hipótesis para tratar de explicar algo tan terrible que había acontecido con Cindy.

El relato de Pablo Fernández comenzaba a tornarse dramático y a atraer más la atención de Carlos Agüero. "Hace cerca de dos años se viene monitoreando en todo el mundo una gigantesca mancha solar. Ni bien apareció por la parte izquierda del sol se tomó la dimensión de que equivalía en superficie a diez veces el diámetro de la tierra. Desde entonces se implementaron distintas acciones en todo el mundo pero con el mayor de los sigilos para no atemorizar a la población. De acuerdo con la rotación de nuestra estrella, demora once años en dar la vuelta completa, lo que en cuatro meses más la ubicará justo frente a nuestro planeta. Varios modelos de simulación en base al comportamiento magnético actual de la mancha, han determinado que en el momento preciso en que se encuentre frente a la Tierra se producirá una fenomenal tormenta con eyección de masa coronal como nunca antes sucedió según los datos históricos. La polaridad negativa de muy alta intensidad que se ha pronosticado, ocasionará graves daños a todos los dispositivos electrónicos. Por eso solicitaron a cinco instituciones mundiales que recreen condiciones de radiación similares a las que se producirán para determinar experimentalmente sus efectos sobre distintos elementos electrónicos. INVAP donde yo trabajo es uno de esos cinco lugares de experimentación. Con nuestros técnicos modificamos un resonador magnético para generar las condiciones de exposición al flujo electromagnético y capturar las imágenes de los cambios producidos. Hasta ahora todos los institutos coincidimos en los resultados: será un desastre mundial en todo aquello que en algún punto esté sujeto a elementos sensibles a altos campos magnéticos. Tal como hoy se encuentran los dispositivos sería catastrófico: podrían alterarse definitivamente datos en las memorias de las computadoras, dañarse irreversiblemente los satélites, lo que dejaría sin comunicaciones ni internet a todo el mundo… Imaginate, Carlos… No volarían los aviones, no habrían llamadas, mensajes ni transmisión de datos, no podrían funcionar los bancos, las distribuidoras eléctricas quedarían sin control ocasionando sobrecargas o apagones… Un verdadero caos… Los gobiernos ya están indicando en forma reservada que se blinden magnéticamente los espacios en los que hay dispositivos relacionados con la defensa y las finanzas… Pero todos los sistemas domésticos y comerciales e industriales que queden expuestos serán afectados… "

Del otro lado, Agüero seguía atentamente los detalles que le presentaba su amigo mientras trataba de imaginar todo lo que en su vida cotidiana dependía de dispositivos electrónicos. "Esto que me contás es tremendo, Pablo… ¿Y qué tiene que ver en medio de esta situación tu gata… o César?" Fernández eligió un tono más grave de voz para solicitarle: "Por favor, Carlos… te pido absoluta reserva de esto que te estoy comentando… recién en dos meses se comenzará a dar a conocer alguna información… En realidad si no fuera por lo que sucedió esta semana y por lo que me resulta imperioso encontrar a tu amigo Aguilar, no te estaría contando todo esto…"

Después de escuchar un "quedate tranquilo…" por parte de su amigo, Fernández continuó explicando los sucesos de los últimos días: "Mirá, como ya habíamos experimentado con innumerables dispositivos electrónicos, motores, corrientes eléctricas y distintos componentes, se me ocurrió rastrear las consecuencias de la exposición en los seres vivos. Mi equipo estuvo de acuerdo y comenzamos las pruebas con algunos vegetales y luego con una serie de ratones en distinto estado de crecimiento. Ahí fue cuando se presentó un hecho totalmente inesperado. Coloqué seis ratones de distintas edades sujetos con precintos plásticos a una bandeja del mismo material. Tal vez en un descuido mío, Cindy había ingresado a la sala siguiendo mis pasos. Probablemente atraída por los ratones no salió de allí. Cuando encendí el resonador alterado y mientras comenzaba a realizar las pruebas, la gata saltó dentro del aparato para abalanzarse sobre la media docena de roedores. Pero aquí está lo extraño: ni siquiera los tocó. Al quedar expuesta a la acción magnética del equipo de experimentación cayó de costado y quedó inmóvil. Cuando vi a través del vidrio lo que sucedía, apagué el resonador y entré casi de inmediato. Mi mascota respiraba pero parecía haber sufrido algún daño cerebral que la inmovilizó. Ese día fue de mucha confusión y casi desesperación. Completamos la prueba en los ratones, efectuamos la misma acción con otros dos gatos, perros, aves… todo lo que se nos ocurrió… y no sucedía nada… todos los animales reaccionaron sin consecuencias notorias o permanentes para la exposición recibida… salvo Cindy"

Fernández hizo una pausa que a Agüero se le antojó casi como un instante de silencio en homenaje a su mascota. El técnico de INVAP respiró profundo y continuó: "Entonces realizamos distintos estudios de resonancia magnética y tomografía al cerebro de Cindy que estaba en estado vegetativo. Ahí descubrimos que en grandes sectores del cerebro las imágenes devolvían una tonalidad que hacía parecer que ahí no había nada… como si en esos lugares el cerebro de la gata estuviera agujereado… Pero el resto de los exámenes demostraban que su cerebro estaba intacto… Uno de los miembros de mi equipo lanzó una hipótesis que fue la que finalmente confirmamos: todas las moléculas de agua de las células de esos sectores estaban polarizadas permanentemente en un sentido que generaba un patrón que impedía la detección por los equipos de diagnóstico por imágenes… pero lo peor de todo, es que esa especie de magnetización dentro del cerebro del animal, la había tornado en un vegetal que sólo podía esperar la muerte…”

El silencio en la línea fue total. Tanto de un lado como del otro las palabras no surgían. Fernández por la conmoción de pensar en su mascota y Agüero por el asombro que tantas revelaciones en tan poco tiempo le habían producido. Carlos rompió el silencio: “Pablo… vos entonces pensás que Aguilar…” La frase quedó inconclusa como para que Fernández explicara el nexo entre todos estos sucesos y aquel que le había entregado agua para realizar análisis. “Si… seguro… estuve repasando mentalmente toda la vida de Cindy… nunca se separaba de mi… su estado de salud siempre fue bueno tal como me lo indicaba el veterinario en cada control… la única anomalía fue aquella que nunca pude explicar… la excesiva ansiedad por beber del agua que Aguilar me había dado para analizar… a punto de terminarse casi tres cuartos litros en apenas dos horas… el quedarse maullando como con lástima cuando no hubo más… fue lo único… y ahora que descubrimos que el daño se produce con algunas moléculas de líquido en las células cerebrales, el nexo queda muy claro… por eso al menos debo encontrar a Aguilar para que me diga con exactitud de dónde extrajo el agua y quien la pudo haber bebido… imaginate que si toda una familia tomó de esa agua o sus parientes o quienes los visitaran, entonces todos quizás estén expuestos a sufrir los mismos efectos que Cindy cuando se produzca la eyección de masa coronal del sol en cuatro meses… nos urgiría realizar estudios a ese puñado de personas que puedan haber tomado de esa agua…"

Agüero finalmente se comprometió a ubicar a César Aguilar en menos de dos días y ponerlo en contacto con él. Luego de charlar algunos minutos más, se despidieron. Agüero se quedó pensando en la forma de buscar dar con el paradero de su amigo César Aguilar, del que nunca más había vuelto a tener noticias. Fernández en cambio, pensaba de qué forma podría evitar que sufrieran los efectos devastadores lo que él suponía era un puñado de personas que había bebido de aquel agua. Con la boca reseca luego de tanto hablar con Agüero, se dirigió a la heladera, sacó de allí un envase de Bebidas Cola, se sirvió un vaso y lo bebió para calmar la sed. Mientras tomaba el refresco, pensaba en las personas que podían haber consumido del agua que Aguilar le había hecho analizar y musitaba en voz baja "pobre gente… no saben qué es lo que han estado bebiendo".

La humanidad en peligro

El teléfono celular de César emitió un tono de notificación de ingreso de mensaje. Cuando miró la pantalla, se sorprendió al descubrir que había recibido un mail de una antigua dirección de correo electrónico personal. Era la única que no había dado de baja tal vez por el olvido que le había producido no haberla utilizado casi nunca. Había borrado sus perfiles de todas las redes sociales, dado de baja cuentas de mail y números telefónicos. Literalmente había desaparecido de cualquier medio digital. Estaba tan obsesionado con mantener su anonimato a ultranza que en cada reunión a la que debía asistir se aseguraba estar lo más lejos posible de los flashes de las cámaras. Sin embargo, aquella dirección de Hotmail había quedado activa y por allí había ingresado un correo. Se decidió a dar de baja aquella cuenta que era la única que le quedaba conectándolo con su pasado en Argentina. Antes de hacerlo, sintió curiosidad por saber quién le habría escrito. El remitente le reveló la incógnita: era su antiguo amigo Carlos Agüero. El texto del asunto le creó una nueva intriga cargada de ansiedad: "César, por favor, necesitamos ubicarte, lee esto atentamente".

César iba empalideciendo más con cada frase que leía. En aquel correo electrónico Agüero le explicaba con lujo de detalles todo lo que Pablo Fernández le había contado. Releyó dos veces más el mensaje. Permaneció un largo rato mirando a través de uno de los ventanales de su departamento. La vista perdida en el horizonte de Atlanta acompañaba la pesadumbre de su rostro.

Decenas de hipótesis cruzaron por su mente durante casi una hora. Sin perder la intensa mueca de preocupación en su cara, se dirigió hacia el escritorio, abrió su netbook, ingresó en aquella antigua cuenta de correo de Hotmail y comenzó a teclear la respuesta. Repasaba cada frase escrita dos o tres veces. Tenía que dar explicaciones convincentes demostrando una falta de preocupación total por lo que Agüero y Fernández estaban planteando.

"¡Hola Carlitos! ¡Cuánto tiempo sin tener noticias tuyas! Siempre estoy por escribirte pero uno va dejando de un día para el otro todo y así va pasando el tiempo sin darnos cuenta… Yo hace tiempo que me fui de Argentina… Ahora vivo en Estados Unidos y con mi novia tenemos planes de casamiento… ¿Cómo estás vos? ¿Cómo anda tu familia? ¡Ah! Estaba viendo lo que me contabas del técnico del INVAP... Ahora que caigo en la cuenta nunca más te conté qué pasó con todo aquello... Bueno, mirá, resulta que tal como vos me habías dicho, había un poco de agua en aquel lugar patagónico, simplemente logré extraer un poco y lo hice analizar con tu amigo para saber si contenía algo raro... Como en realidad no tenía ningún justificativo para aquella curiosidad mía, se me ocurrió argumentarle lo de la vertiente para una familia rural para explicar mínimamente el pedido... Se portó muy bien conmigo y me envió los resultados de los análisis del agua diciéndome que era agua totalmente normal... no encontraron nada raro... así que por eso me olvidé por completo de ese tema y no le di más trascendencia... Eso fue todo... Así que decile al técnico que se quede tranquilo, que disculpe la argumentación que le di para que analizara el agua, pero que en realidad no era una vertiente destinada al consumo de ninguna familia rural... Bueno, querido amigo, espero que en algún viaje que pueda hacer a Argentina podamos encontrarnos a tomar un café y charlar un buen rato... ¡te mando un abrazo!" Presionó el botón para enviar el mensaje. No sabía si esa respuesta tranquilizaría a Agüero y Fernández. Se cuidó de no dar muchos detalles de su ocupación laboral ni de su domicilio preciso. Si Agüero volvía a consultarle por estas cuestiones, ya se le ocurriría alguna respuesta.

Por el momento, sólo atinó a recostarse en la cama, cerrar los ojos y pensar con rapidez qué estrategias debía adoptar ante lo que ahora sabía: que el componente DR diseminado por todo el mundo en los productos de Bebidas Cola, se tornaba en una amenaza para la inmensa mayoría de los seres humanos. La distribución masiva de agua mineral conteniendo DR a poblaciones carenciadas o a escuelas y hospitales, no había hecho más que multiplicar la llegada a quienes tal vez por falta de recursos económicos no consumirían las bebidas de la empresa multinacional.

César estaba convencido de que si revelaba los posibles efectos de la exposición de las personas que hubieran ingerido DR a la inminente eyección de masa coronal, no sólo crearía pánico mundial, sino que su propia vida, su libertad y su fortuna estarían condenadas. Tampoco le agradaba la idea de poner al gobierno al tanto porque el pánico se produciría de todas formas y sólo algunos pocos afortunados con poder económico o político, podrían llegar a construirse verdaderos bunkers protegidos de semejante flujo de ondas magnéticas. Y aún cuando así sucediera, sabía que no había tiempo suficiente para llevar adelante una construcción masiva sin despertar las sospechas del resto de las poblaciones del mundo.

Se sentía abrumado, pero también tenía la esperanza de que nada de lo que Fernández había predicho sucediera. La reacción en un gato no tenía porqué necesariamente aplicarse a los seres humanos. Tampoco se podía anticipar que las expulsiones de plasma y energía electromagnética desde el Sol fueran del tenor que el técnico del INVAP había calculado. César trataba de convencerse a sí mismo que no habría peligro alguno y que si las cosas sucedían como le habían informado desde Argentina, en nada ayudaría hacerse responsable él o su producto. Durante los siguientes dos días dejó de ver a su novia aduciendo que tenía un estado gripal y que para el fin de semana ya estaría bien y podrían encontrarse nuevamente. Necesitaba estar solo para meditar bien los pasos que tenía que dar.

Final del negocio

Aquel lunes Mr. Kent entró como siempre a la antesala de su oficina privada. Allí estaba sentado César Aguilar esperándolo. El alto ejecutivo de Bebidas Cola estaba acostumbrado a inferir con una simple mirada el estado de ánimo de sus interlocutores. Notó ansiedad y nerviosismo en Aguilar cuando éste se apresuró a levantarse y saludarlo: "Buenos días, Mr. Kent… vine temprano porque tengo un tema importante que hablar con usted…"

El máximo directivo de la multinacional sonrió e hizo un ademán para que Aguilar entrara a su despacho. Sabía controlarse y no dejarse contagiar por el nerviosismo de otras personas y para esto una sonrisa distendía el ambiente quitándole cualquier tipo de dramatismo que pudiera tener que afrontarse. Ya sentados uno frente al otro, escritorio mediante, César comenzó a explicar su urgencia a Mr. Kent: "He estado pensando en dos cuestiones de máxima importancia para mi futuro…"

Un gesto amable del Presidente de la empresa mundial de refrescos le animó a continuar el relato. "Uno de esos temas es que he considerado la posibilidad de trasladar el total de la existencia de componente DR a depósitos más seguros en suelo estadounidense…" Hizo una pausa para observar la reacción de Mr. Kent. Éste hizo una suerte de aplauso de aprobación y respondió "¡Muy pero muy bien Aguilar! ¿Recuerda que eso siempre lo hablamos desde un primer momento? Me satisface mucho que haya tomado esa decisión… Ya tengo en mente un lugar en el que podremos ubicar ese valioso tesoro… Totalmente custodiado… Y mucho más cerca nuestro… Estoy seguro que todo el grupo directivo apreciará en gran manera esta decisión que está tomando… Cuente con todo lo que haga falta para realizar el traslado… ¿Y el otro tema?"

Mr. Kent por primera vez no pudo encubrir su ansiedad. La noticia que escuchó era muy buena para sus intereses. Pero como esto no era lo que podía poner nervioso a Aguilar, quería oír pronto lo menos agradable del planteo. César respiró profundo, miró hacia abajo como queriendo encontrar las palabras justas: "Mire Mr. Kent… Yo… deseo retirarme de la compañía… Quiero cambiar mi estilo de vida… casarme, tener vida familiar, viajar… Ya he alcanzado una excelente posición económica… Quiero…"

Del otro lado del escritorio el ejecutivo máximo de Bebidas Cola desdibujó su sonrisa y cortó el relato de Aguilar: "¡Qué me está diciendo! ¿Ha tenido acaso algún problema, alguna dificultad? ¡Dígame y lo solucionamos! Usted tiene un gran porvenir en nuestra compañía, su aparición ha logrado que seamos un imperio económico indestructible… ¿Qué está pasando?"

César volvió a tomar aire y trató de sonreír para disminuir la tensión que se había creado en la conversación: "No… quédese totalmente tranquilo Mr. Kent… No he tenido ningún tipo de problema… Simplemente estoy eligiendo otra forma de vivir…" El ejecutivo lo interrumpió bruscamente: "Ah… ¡ya se! Usted estará necesitando unas muy bunas vacaciones… dos… tres…. ¡cuatro meses recorriendo el mundo! ¿Qué le parece? En la compañía podemos hacernos cargo de todos los gastos… se lo aseguro… ¿es eso?"

César pensó un momento. Le estaban ofreciendo cuatro meses de vacaciones. Justo el tiempo que quedaba hasta la tormenta solar. ¿Y si tal vez nada espectacular o dramático sucediera? Sería una buena ocasión para continuar avanzando. Pero el relato del correo electrónico de su amigo volvía con insistencia a su mente. Durante todo el fin de semana había estado pensando su estrategia para salir de la compañía y desaparecer por completo sin dejar vestigios de sus actividades. "No, Mr. Kent… le agradezco mucho, pero la decisión ya está tomada… Venderé mi participación en la compañía y le ofrezco el total de DR a un precio de dos mil millones de dólares… Esa es mi decisión… Espero que podamos hacerlo en el más alto de los secretos… Por la compañía y por mi mismo… usted me entiende…"

El silencio fue total. Por primera vez Mr. Kent tenía la vista baja. Había recibido las palabras de Aguilar como un duro golpe a la mandíbula en el minuto final de un round. Su mente debía estar procesando hipótesis con decenas de veces mayor agilidad que de costumbre. Por fin levantó la vista, volvió a sonreír y mirando fijo a Aguilar le hizo sentir que podía controlar aquella situación: "Bien… bien… Si ese es su deseo no soy quien para juzgarlo… sólo traté de darle un consejo porque estoy seguro que su porvenir en Bebidas Cola iba a ser grandioso… Pero por lo que veo ya ha meditado bastante la determinación que tomó… Si quiere realizar todo en el mayor de los secretos, lo que puedo hacer es comprarle yo personalmente el total de su paquete accionario pero al sesenta por ciento del valor de mercado… Por supuesto habrá un acta reservada mediante la cual usted se compromete a no producir DR nunca más, ni transmitir ese conocimiento a nadie… Se dará cuenta que eso es sumamente necesario… ah, y el valor total del producto… le puedo ofrecer mil millones de dólares… Todo esto es en el máximo secreto… Ahora si usted tiene otras condiciones, digamos que… no podrá ser bajo la misma negociación secreta…"

Aguilar miró hacia el cielorraso como haciendo cálculos mentales. Se daba cuenta de que Mr. Kent quería obtener una gran ventaja de su insistencia por realizar su salida de la empresa en secreto. Pero lo económico no le preocupaba. Ya había sacado cuentas durante el fin de semana y ni siquiera necesitaba un dólar adicional para vivir lujosamente el resto de su vida. "Acepto… estoy completamente de acuerdo Mr. Kent… Mañana mismo vuelo a Argentina para organizar el traslado del DR a suelo norteamericano… Usted mientras tanto prepare todos los detalles que yo en tres días estaré de vuelta aquí para firmar el traspaso…" Se quedaron largos segundos estrechándose las manos. Mr. Kent con la alegría

de haber realizado un excelente negocio. Aguilar
por su lado también estaba contento. Sólo él sabía
que se desharía de toda la existencia de DR y lo
que Mr. Kent recibiría a cambio de mil millones de
dólares no sería más que agua común y corriente.

La eliminación

El vuelo hasta Argentina le pareció interminable. Esta vez había pedido a Mary que no lo acompañara porque tendría mucho trabajo en Ingeniero Jacobacci con el traslado de los grandes bidones de líquido. La ansiedad por terminar con aquello que le había permitido ubicarse en lo más alto de la sociedad americana no dejaba de mantenerlo en un estado de visible nerviosismo. Repasaba mentalmente una y otra vez los acontecimientos de la última semana y cada detalle de su plan para concluir con su vínculo con la compañía y con aquel extraño líquido que había encontrado en la zona de Bajo Colorado.

Siempre tuvo la intriga de saber qué era lo que hacía que aquella agua aparentemente pura y totalmente potable e inocua, constituyera un atractivo tan intenso al gusto al punto de transformarlo casi en una adicción. No conocía ni quería entender los detalles de los efectos que causaba. Le era suficiente con saber que de alguna forma las moléculas de agua modificaban la estructura física de la materia líquida ubicada en determinadas zonas del cerebro. Allí debía estar la respuesta que nadie pudo encontrar. El agua de

Bajo Colorado se comportaba física y químicamente en forma normal hasta que entraba a formar parte de un cuerpo orgánico.

Quería también convencerse a sí mismo que la hipótesis de Pablo Fernández con respecto al estado vegetativo en el que podría ingresar quien la hubiera consumido no pasaba de una mera especulación. Pero ante la preocupación de que en algún momento se pudieran encontrar rastros de esta acción sobre el cerebro lo había llevado a decidir eliminar por completo los depósitos de DR. El reemplazarlo por agua común lograría que ante alguna investigación posterior nada pudiera ser detectado en el líquido que vendería a Mr. Kent. Era seguro que las ventas de la compañía se mantendrían un tiempo por la inercia del consumo, pero luego la gente iría perdiendo poco a poco la preferencia por la marca. Esbozó una leve sonrisa pensando en que la ventaja económica que pretendía obtener el ejecutivo de la multinacional, en poco tiempo se le licuaría por completo.

Entró en la amplia casa de aquella pequeña ciudad patagónica. Debía actuar con rapidez pues no quería despertar sospechas. Fue vaciando uno a uno en el inodoro los bidones que contenían algo más de quinientos litros de agua de Bajo Colorado. Una extraña nostalgia le sobrevino mientras vaciaba los recipientes. Pensó por un minuto en aquel huevo de dinosaurio que guardaba celosamente en su residencia de Atlanta. Esta era la primera vez que tomaba una decisión importante sin dejar su mirada fija en aquel tesoro paleontológico como fuente de inspiración. Se preguntaba si su decisión hubiera sido la misma. Meneó vivamente la cabeza para quitarse aquella imagen. Ya estaba vaciando el último de los bidones. Uno a uno los fue llenando con las reservas de agua mineral que le quedaban.

Terminó de completar el último justo a tiempo. El timbre de la puerta comenzó a sonar con insistencia. Los tres hombres que lo habían acompañado desde Estados Unidos estaban allí plantados mirándolo fijo. "Ah… eran ustedes… ¿qué sucede?" La respuesta no se hizo esperar: "Hemos recibido órdenes directas de la casa matriz para acelerar el traslado y revisar su casa… Si tiene algún inconveniente, por favor comuníquese con Mr. Kent… entienda que nosotros sólo cumplimos órdenes…" César esbozó una amplia sonrisa. Le había ganado de mano a uno de los hombres más poderosos de la economía mundial. Ahora ya no había nada que esconder y podía acceder sin inconvenientes a aquel pedido.

De todas formas quiso demostrar que todo estaba en orden y que él tenía el control: "No hay ningún problema... Yo pensaba descansar hasta mañana y comenzar temprano a preparar todo para el traslado, pero si hay que hacerlo ya mismo sacrificaré mi descanso... sólo déjenme chequearlo con Mr. Kent". Tomó su celular y marcó el número directo del ejecutivo de Bebidas Cola.

Quería que aquellos tres hombres también escucharan la conversación: "Mr. Kent... Me ha sorprendido la instrucción que les han brindado a los custodios... Le quiero decir que no hay ningún problema, ya mismo comenzaremos con el traslado si así lo desea... lamento no haber podido descansar después de tantas horas de viaje, lo digo por mi y por las personas que tengo aquí frente a mi... pero no se haga ningún problema, que ya mismo comenzaremos con la tarea..." Del otro lado, Mr. Kent sólo balbuceaba algunas frases tratando de ocultar el nerviosismo que algunas dudas aún le transmitían: "Si, Aguilar... comprenda que estamos hablando de mucho dinero en juego y tengo que tomar algunas precauciones… por el bien de todos… Le agradezco la comprensión… Yo ya tengo los papeles de la transacción listos para la firma…" Acentuó estas últimas palabras con la intención de mostrar algo positivo a su interlocutor. Aguilar se limitó a apurar la despedida: "Perfecto Mr. Kent… ya mismo comenzamos a trabajar… nos vemos allá pasado mañana temprano… comprenderá que cuando llegue a Estados Unidos voy a querer descansar de este viaje agotador…".

Por primera vez se dio el lujo de ser él quien cortara la comunicación. Miró sonriente a los custodios que permanecían parados frente a él. Los hizo entrar y los llevó a recorrer la casa. Les pidió que ayudaran a embalar cada uno de los bidones. Los hombres lo hicieron sin dudar. Preguntaron a Aguilar por las maquinarias para la producción. La respuesta de que no había maquinaria porque esos eran los únicos bidones conteniendo los aditivos ya concentrados, los convenció.

César se percató que uno de ellos miraba de forma singular cada rincón de la casa. Se imaginó que en sus anteojos tenía alguna minicámara que enviaba por un teléfono satelital las imágenes a la casa matriz. Presentía que Mr. Kent tenía en tiempo real las imágenes y audio de todo lo que allí estaba pasando. Pero ya no había nada que esconder. Su apuro por eliminar todo el DR contenido en los bidones y reemplazarlo por agua mineral le había asegurado la tranquilidad con la que dejaba actuar a los custodios de la compañía. Antes de cerrar la casa dio una mirada melancólica. Pensó que a lo mejor no volvería allí en mucho tiempo. Lo que no sabía es que nunca regresaría a aquel lugar.

La extinción

Mary despertó a César. La lujosa residencia de Dubai que ocupaban hacía dos meses comenzaba a ser bañada por los primeros rayos del sol matinal. Habían elegido ese lugar para vivir luego de recorrer el mundo en dos meses que ambos encontraron inolvidables. Mary nunca llegó a comprender por qué su pareja había decidido realizar las costosas refacciones a la casa. Lo que él nunca le reveló es que aquellas modificaciones lo único que buscaban era blindar magnéticamente la vivienda. Si bien dudaba de que la pronosticada eyección de masa coronal que se esperaba para esos días fuera a perjudicarlos, quiso tomar las precauciones que creyó podrían protegerlos.

El único problema que tenían era no poder utilizar celulares dentro de la casa, siempre debían comunicarse por teléfono de línea. A través de aquella línea telefónica también recibían señal de internet y de televisión. Mary volvió a acariciar a César para despertarlo por completo: "Amor… despertate… voy a preparar el desayuno… No te olvides que no quisiste que nuestro servicio doméstico viniera esta semana…" César abrió sus ojos, miró a Mary, tomó su mano y le dio un beso de agradecimiento: "Buen día amor... ya me levanto a desayunar..."

Mientras Mary se dirigía a la cocina para preparar el café para compartir con él, César prendió el televisor. El canal de noticias presentaba una imagen dividida en cuatro planos. Al pie de la pantalla podía leerse "Hoy es el día". El relato del locutor parecía más encendido que nunca: "Recordemos que de acuerdo a los anuncios que hace dos meses se vienen realizando, hoy es el primero de los tres días en los que podría desprenderse del sol una gran eyección de su masa coronal... Estamos con nuestras cámaras en vivo en las principales capitales del mundo... Tengan presente las recomendaciones que se han venido efectuando para proteger en lo posible de los daños magnéticos a sus aparatos más sensibles".

En esos dos meses desde el anuncio oficial, habían aparecido con rapidez elementos de todas las características para hacer frente a la posible tormenta solar. Desde estuches de plomo para teléfonos celulares hasta pequeñas cúpulas de metal reticulado que se vendían como "Campanas de Gauss" que según decían los fabricantes, protegerían a computadoras y otros dispositivos de cualquier efecto de onda electromagnética.

El anuncio de la posible llegada de la tormenta solar, había desatado una espectacular escalada en la venta de productos de lo más disparatados. Mary llegó un día a su casa y mostró alegre a César un "kit" de protección personal. El estuche contenía una especie de emulsión protectora para la piel, guantes, una cofia para resguardar el cabello y hasta un extraño cobertor laminado para el reloj pulsera. César apagó una risa que le brotaba al ver aquellos productos. No quería dañar la creencia que tenía Mary de haber contribuido al cuidado de ambos. Pero él sabía que lo único que realmente los protegería si algo sucedía, era la refacción que habían hecho en aquella residencia de Dubai.

En ese momento pensó en Mr. Kent. Se preguntaba cómo estaría resultando el manejo de la compañía ahora que las ventas se habían estabilizado y no crecían, según los informes de periódicos especializados en temas económicos. También le intrigaba saber si los gobernantes de los distintos países habrían tomado algún tipo de recaudo. Una y otra vez se tranquilizaba a sí mismo tratando de convencerse de que lo que aquel técnico del INVAP había deducido era totalmente erróneo.

De pronto, una música dramática acompañó la aparición de una placa roja que cubría toda la pantalla del televisor. César miró tenso al plasma que ocupaba buena parte de la pared de la habitación. El texto no dejaba dudas: "Confirman que en estos momentos el sol tuvo una gigantesca eyección de su masa coronal. Viaja directo hacia nuestro planeta. Llegará en poco más de media hora." César palideció. El primero de los sucesos estaba ocurriendo. Restaba saber si esa radiación afectaría a las personas que hubieran bebido alguno de los productos de Bebidas Cola que contenían DR. Serían apenas un puñado en todo el mundo los que no lo hubieran hecho. Esa media hora le resultó interminable.

Casi no podía desayunar. Sentía como un nudo en el estómago por la espera. "César… No estás desayunando… No sacás la vista del televisor… ¿Te pasa algo?" La pregunta de Mary no podía ser respondida con sinceridad por su pareja: "No, mi vida, simplemente estoy viendo el noticiero… quiero saber qué ocurre en el mundo con este fenómeno… no se da con frecuencia…" Cuando terminó de pronunciar la última palabra, se apagó el televisor y se cortó el suministro de energía eléctrica. El grupo generador encendió automáticamente y volvió la iluminación a la residencia de los Aguilar. César quiso conectarse a internet pero no podía siquiera abrir el navegador en su computadora.

Mary mientras tanto trataba de llamar por teléfono infructuosamente. "César… No me puedo comunicar con mis padres… la línea parece que está muerta… quiero saber si a ellos les afectó en algo esta tormenta solar…" César permanecía pálido sin poder reaccionar. No podía abrir las persianas protegidas porque eso desbloquearía el aislamiento de la vivienda al ingreso de radiaciones.

La frase dicha por Mary lo sacudió de la parálisis pero sólo para encender su nerviosismo al máximo: "¡Voy a salir a intentar comunicarme con el celular desde afuera porque acá adentro ya sabés que estos aparatos no funcionan" El grito de "¡No, Mary!" que profirió César llegó tarde. Escuchó como la puerta se abría. Corrió tras ella pero no lo pudo evitar. Llegó a la puerta y la vio tendida en la entrada de la casa con el teléfono celular todavía en la mano. En un par de segundos volvieron a su mente las advertencias de Pablo Fernández. Había sucedido. Definitivamente la intensa radiación había afectado el cerebro de Mary, que tanto como él habían ingerido mucho tiempo los productos de Bebidas Cola que contenían DR.

Su visión se tornó borrosa y se fue apagando. Alcanzó a tomarse instintivamente del marco de la puerta tratando de sostener una inevitable caída. Allí quedó en el piso, bajo el marco de la puerta sin poder reaccionar. Más allá del cerco de la vivienda todo era desolación. Personas caídas en las veredas por todas partes. Autos estrellados contra columnas y muros con sus conductores inconscientes en sus interiores. Nada se escuchaba. El silencio era total. En cada ciudad, en cada país, en cada continente, las escenas eran las mismas. Una total desolación con personas que respiraban pero inmóviles, inconscientes, sin capacidad de reacción. Miles de millones de personas perecerían en los próximos días víctimas de la inanición. Con cada persona que moría la humanidad se iba extinguiendo como la llama de una vela que llega al final de su pabilo.

La tribu

Cormun era un joven inquieto. Su talento e inteligencia eran notables. Oculto en la oscuridad se dejaba alumbrar sólo por la luz de la luna. Con eso le bastaba. Quería burlar a los guardias e ingresar en aquella zona reservada. Alguna tradición religiosa decía que allí había comenzado todo. Y él se sentía atraído a hacer su propia exploración del terreno. Las únicas certezas que había aprendido durante su instrucción eran que hacía algo más de doscientos años un gran cataclismo solar había acabado con gran parte de la humanidad y que sólo habían sobrevivido unos pocos cientos de personas adultas y varios miles de niños menores de dos años. Sólo los mayores de aquellos niños sobrevivieron al poder buscar alimento por sus propios medios.

Desde aquel entonces, pequeñas tribus se habían organizado para subsistir. Durante esos doscientos años, los adultos que habían sobrevivido, guiaban a los niños en aprendizajes que al comienzo se transmitían de forma oral. Luego fueron rearmando varios dispositivos que permanecían inactivos desde la aniquilación de la humanidad. Las tribus se fueron armando con elementos que encontraban en distintos puestos de seguridad antiguos. Una tribu identificada por una bandera con franjas y estrellas había prevalecido por sobre las demás e impuesto sus convicciones a todo el planeta. Según una tradición religiosa, allí habían logrado sobrevivir a la extinción un selecto grupo de líderes. Pero con el tiempo ese relato quedó en lo mítico, desconociéndose realmente qué había ocurrido y fundamentalmente qué había determinado que la inmensa mayoría de la humanidad hubiera perecido y sólo un puñado hubiera sobrevivido para recomenzar la vida y reproducción de la especie.

Cormun logró atravesar la cerca que rodeaba aquella zona militarmente protegida. Tanto decían los relatos religiosos que allí se había originado lo que acabó con la civilización, que habían tenido que cercarlo y evitar el ingreso de miles de curiosos que no hacían más que ocasionar problemas. Cormun recorrió la zona casi sin hacer ruido. Finalmente llegó a una casa semiderruida de la que se decía había sido el centro del que emergió el mal. Pasó a través de uno de los muros derribados. Encendió una pequeña luz de led que había llevado para iluminarse en sitios adonde la luz de la luna llena no llegara. Recorrió aquella vivienda sin que nada llamara su atención.

De pronto su pie tropezó con algo que parecía ser una especie de puerta semioculta en el piso y cubierta de escombros. Se agachó, limpió el material centenario que se había acumulado y la abrió. Bajó con cuidado los escalones que lo conducían a un sótano. Iluminó cada metro cuadrado de aquel lugar con su pequeña linterna. Un recuadro en el piso atrajo su mirada. Se acercó. Se puso de rodillas y comenzó a remover lo que parecía una gruesa cubierta de material. Retiró la pesada tapa de hormigón y allí aparecieron ante su vista seis envases de color rojo. Se dio maña para abrir uno de ellos. Descubrió que había agua en su interior. Bebió un sorbo para probar y le pareció exquisita. Guardó en una bolsa que llevaba los seis termos de acero inoxidable cubiertos con esmalte sintético de color rojo. Volvió a sortear sin problemas el cercado perimetral de la zona reservada. Regresó con su familia a su grupo tribal. Cada tanto, Cormun bebía un pequeño sorbo de aquella agua sabrosísima que había encontrado. Se preguntaba qué pasaría si mezclaba aquella delicia con el agua común que bebían en su tribu.